吉増剛造詩集

〃とおーく、宇宙の窓に、白い言《コト》が浮かんで
来ていた、、、、、〃

〃掌《てのひら》の小《コ》石《いし》、
煖《アたゝ》か、、、、、〃
と、樹の上の栗鼠《リす》がささやく
とおーく、宇宙の窓に、
白い言《コト》が浮かんで来ていた、、、、、
〃白い言《コ、ト》〃

は、

巨魚《i、sa、na》ノ吐息《トいき》で、　あったのかも知れなかった

Oh! Mademoiselle Kinka!

吐息《トいき》

の

、、、、、と《ト》

〝い！胞《え》！〟

〝い！胞《え》！〟

いし

まき、石《イし》、、、、、

〝白い言《コト》〟

いし

まき、石《イし》、、、、

〝白い言《コト》〟

は、

Oh! Mademoiselle Kinka!

水ハミズカラノスガタヲシラナイ。ソノ、

トイキデアッタノカモ、シレナカッタ、、、、、

詩はとうとう不死の小径《ミチ》を歩き出している

〝トウトウ、ヤマキ*〟

〃トウ、ヤマキ〃

〃もも、うら、もも、いし〃

〃も、も、〃

いし

皺《シわ》に名がきざまれていてその皺《シわ》が泣いて居た

キリの貌《かほ》、古《コ》貌《かほ》、潜水で、高橋さんが引きあげられた、古《コ》貌《かほ》、古《コ》写真《しゃしん》、古《コ》写真《しゃしん》、古《コ》写真《しゃしん》、古《コ》写真《しゃしん》、キリの貌《かほ》、、、、水どもの、濁《にご》った碧玉《へきぎょく》、その玉《タマ》が抛《ほう》り上げられて、古《コ》貌《かほ》、古《コ》写真《しゃしん》、キリの！　古《コ》貌《かほ》、古《コ》写真《しゃしん》、キリの貌《かほ》！　シャ！

いし

皺《シわ》に名がキざまれていてその皺《シわ》が泣いて居た

〃トウ、トウ、ヤマキ〃

〃トウ、ヤマキ〃

〃もも、うら、もも、いし〃

〃も、も、、、、、〃

誰のとも、、、、、ヒトの、、、、、とも、いえない、この宇宙の死後の思い出のシーン。水の惑星の水も、干《ヒ》いてしまった。とうとう、季節もない、すべての回《メグ》りが、しんと絶えたとき、、、、、その窪《クぼ》に、不思議な夜があらわれる。宇宙の死後に、、、、、、。それは、優しさの死後だッた、、、、、。あるいは、まったくあたらしい、輝き、表面のかがやきの姿であッた、、、、、、。蜘蛛や栗鼠の底の言葉でいう、〃ハ――ハ〃と、聞こえてきて

いた、、、、、

水の魂《たましい》を昨日の空の片隅に縫い付けをしていた幼児《おさなご》は誰《だれ》？
水にはこんなに濁流を解《と》く力《ちから》があったとは、、、、、
水の精霊《しょうりょう》は遠く彼方から、こちらを見詰めている、、、、、

〃トウ、トウ、ヤマキ〃
〃トウ、ヤマキ〃
〃い！〃
胞《えい》！〃
〃いい
え〃

〝あれは

胞火《えービ》なのです！〟

〝も、も、、、、、〟

の

〝かげ

に

KEY＝軽＝スズキの巨人、、、、、、、、、、、

〝*Oh! Mademoiselle Kinka!*〟

が

枕元

に、き

て、

さ、さ、やく、、、、、

〃胞火《えービ》！

胞火《えービ》！

似《i》〃

え！

消えた

海底《うなソコ》

の

〃も、も、、、、、〃

その
宇宙ノ鉛筆、、、、、
ノ、隈取《くまどり》をしている、そ
れがわたくしだ、、、、、
〃トウトウ、ヤマキ〃
〃トウ、ヤマキ〃
〃白い言《コト》〃
は、
巨魚《i、sa、na》の
心ノ臓
に《i》、

〃i、sa、na〃

と

綴った

童子《ワラベ》

の手《テ》指《ゆび》、

だった、、、、、

波の頬穂《ホーホ》に触《さ》はってル、鹿《シカ》の子《コ》の朝《あサ》、、、、、

その

手e

ガ

海底に
落ちて
い
た
〃タイフーンの手《e》ハ消ヘタノネ〃、〃消ヘタノネ、、、、、〃
秋《あき》ノ鈴蟲《スズムシ》が、 目《メ》ヲ、 覚まして鳴きだしていた、——
消えた海底《うなソコ》の
〃も、 も、、、、、〃
その宇宙の鉛筆、、、、、
の隈取《くまど》りヲ、 している。 そ

れが、わたくしだ、、、、、
〃も、〃
〃トウ、〃
諦《あき》らめる
こと
諦《あき》らめる
〃こと
の
明《あか》るみ〃
Oh! Mademoiselle Kinka!

栗鼠《リス》の掌《てのひら》の音楽のことは、誰も知らない。こころの離《はな》れを、こころが生んだ。その静かな道辺《みちのべ》を、死後が、隠《しず》かに歩いて行く。振り返るということを考えないで、立ちどまって、口笛を吹くコト。そコに窪地《くぼち》があって雨が降って来ていた。そして、栗《リ》鼠《ス》の掌《てのひら》の音楽ガ《a》、聞コヱはじめた

八月のココろが、　ゆれる、、、、、　なみは、　みると生前ヲ恥ずかしそうに考へていル

〃消ヘルコトコト、　窪窪窪《クボクボクボ》、、、、、、〃
〃消ヘルコトコト、　窪窪窪《クボクボクボ》、、、、、、〃

その窪窪窪《くぼくぼくぼ》が、　他界の
ひかリ、、、、

ク、

〃も、〃

、は、

宇宙のいまわ、のことば

で、あ

ッた、、、、、

この道《みち》を、途絶えさ、

せないように、、、、、

〃窪《くぼ》も、も、窪《クボ》〃

Oh! Mademoiselle Kinka!

〃われ、海溝をイ、抱いて、、、、、死《シi》、いまだし〃

ki（樹《i》）を、産んだ、*gom*（ゴム）だ、わたくしハ！

木目《モクメ》は悲しむ、奈美《波》の目《メ》も

い、い、へびたのコトを考へている、い、い、のびるのコトを、、、、、

この

ビ*i*

ハ*a*

、

木の香のVOIX《ヴォワ》

稲妻、、、、、海溝ニ、休ンでる

の

、
、

、

もう、いい。水は、立ったまま、静かに、睡《ネム》れ。濁流、大洪水のコとも、汀《みぎわ》のたのしかった、ぴちゃぴちゃのコとも、もう忘れてしまって、少し、菫《スミレ》色に静かに、頭を垂れる気持で、睡れ。誰かが、傍《かたわラ》で、腕を捲《まく》ってイて、入墨の匂いがする？　うん、もう、いいんだ。そんなこと、コの宇宙には場所はないんだよ。、、、、、、も、もう、聞かないようにして、水ハ、静かに、睡れ

〃窪《くボ》も、も、窪《くボ》〃

〃われ、海溝を、イ《i》、抱いて、、、、、、死《シi》、いまだ、し〃

〃海底は枯《カ》れ、そこに、海《うみ》のひとしずく〃

む、むぎふみ、、ミ《i》!

ビ、

金星のひとみが、なみだを、こぼす

Oh! Mademoiselle Kinka!

〃衣《i》!

胞《え》!

木登り魚よ!

もう、その、島へは、決して、行くコトはない、、、、、、と緑の大地を背中に乗せた、〃わたくし〃は、語りはじめる。も

う、宇宙の涯の死の古里《フルサト》に決して戻らず
に、浮木《フぼく》に首《クビ》を挿して、生涯を送るよう
に、もっとも静かで、うつくしいところ
には、決して行くコトはない。これが、
わたくしの言葉だ、、、、、

Oh! Mademoiselle Kinka!

水《ミズ》ハミズノスガタヲシラナイ
水《ミズ》ハミズノスガタヲシラナイ

＊八巻芳榮氏、石巻桃浦洞仙寺ご住職
＊＊堀川正美氏『太平洋』

〝隅《ア》！　日和山《ヒヨリヤマ》！〟

〝隅《ア》！〟

「白い言《コト》」

ノ、摩《ノボル》、ノ

〝手！〟

〃ア!〃

、、、、、日和山《ヒヨリヤマ》、、、、、、

Oh! Mademoiselle Kinka!

7 Jan 2020　戻って来たぞ、……と、誰に呼び掛けているのか、それに途惑うほどの、強い力を覚えていた、……。先づそのまえに、……昨夜の夢を決して忘れぬこと、……そうして、十時前に来て下さった、志村春海さんにご案内していたゞいて登った、日和山が、神ノ山だったことを、……。波ノ、光ノ、声に驚いていた、……。これでもう、ほとんどきのうのコトは、語りつくしている。*Mekas*さんの*Walden*を一息にみてしまって、……もっともっと、とおもうこころのうごきをしっかりと感じていた、……。*Mekas*さんの速さ、わたくしめの、速さにも驚いていた。キョウトノ「空間現代」の野口さんから、展示の詳細を聞いていて、……七里圭さんの映像を投影して、さらに壁にも文字をとのこと、……。そして、電話のお仕舞いに、……いま、金華山の窓の前にを、……野口さんが絶句をされていた。……つづいて、余位さんにも電話をして、*Walden*を見終えたこと、……これから、*gozoCiné*のハコを少しづゝためて送りましょうと伝えていた、……。（そうか畳に正座することにもして、聞いていたノハ、ベートーベンだった、……）。そして最後に、「手帖」の髙木さんト、お打合わせをして、九日、早稲田に伺う、……。おそらく、これで、「全詩集」は、うごきだすことになる、……。しかし、別の心が、九日の〃締切り〃に、怖れのようなものを覚えていた、……。眠ると〃日和山〃が、まだまだ念頭を、去ろうとしない、……そしてユメに、柳澤伯夫氏となんと柄谷行人氏があらわれて来ていた……。

イシノマキマキ

イシトイキトイ

キイ

シノマキ

サイ

Oh! *i*、巨魚《i、sa、、na》

ノイ

キ

サイ

トイキ、、、、、、、

石巻午前、、、、、日輪が環《ワ》を上に

摩《ノボ》って遊ぶように、心は遊ぶのだ、、、、、。気がつかずに、決死でね。その決死が、とても明るかった、、、、、。心というものが、ほっと、頬を赤く錆朱《さびシュ》に染まるようにね、、、、、。石巻の菊地旅館のご夫妻が、わたくしたちを見送りに出られたときの走りだそうとするご、様子が、うん、その仕種《シぐさ》(心の、、、、、)が、不思議だった、そこで、不図、宇宙が赤ルンでいた、、、、、。この〝ご〟、は、何処から来たの？　ご夫妻は、何処かへと、登ろうとされていた、……。日和《ヒヨリ》山《ヤマ》に、、、、、。うん、日輪が環《ワ》を抱いて遊ぶ。そう、心は遊ぶのだ、、、、、。錆《さび》が少し、その心の沁《シ》ミノ、石巻のイシノマキ、マキイシノ、石の坂道がほッと、頬を赤く錆朱《さびシュ》ニだ、染めていた、、、、、。ト

ドかなくてよい。そう、トドかなくてもよい、、、、、

ソノ

〃隅《ア》、、、、、〃

〃トウ、ヤマキ〃

〃トウ、トウ、ヤマキ〃

ソシテ

ソーーダ

Oh! 日和山《ヒヨリヤマ》! *Mademoiselle Kinka!*

ムチューコ

ーソ

ク、ノ、キジュ

ッツ、ッペ

、、、、、日輪が赤く、頬を、一瞬、染めたような日和山《ヒヨリヤマ》に、宿（菊地旅館）をとったためだった、去年、亡くなられた、〝惜しくも、、、、、〟という心はまったくなかった。入沢康夫さんが夢にあらわれて赤い籠、竹籠のなかの可愛らしい少女とともに、、、、、。黙って古文書を調べられていたのだが、あるところ、ある区切り、あるいは

〃死〃まで来て、はっきりと立ち去って行かレタ、、、、、。その途切れ、決然、、、、、が、石巻で亡くなられた方々の俤であることは確実だった、、、、、。〃確実、、、、〃は、わたくしの驚きによっていた。ものもいわれずに立ち去って行カれた、、、、、。そのとき、わたくしの心は、はっきりト気が付いていた、、、、、わたくしたちも、このように立ち去るというコトがあるということを、、、、、。えッ！　赤い竹の籠は、恋だったのだろうか、日和山《ヒヨリヤマ》の、、、、、

〃隅《ア》！〃

Oh! Mademoiselle Kinka!

「白い言《コト》」

ノ、摩《ノボル》、ノ

〃手！〃

ア、

、、、、、日和山《ヒヨリヤマ》、、、、、

〃桃《モモ》は、桃《モモ》に、遅《オク》れ、、、、！〃〃隅《ア》、ッ、ペ！〃

〃Oh！ Mademoiselle Kinka！〃

〃海底は枯《カ》れ、そコに、海《うみ》のひとしずく〃

〃桃《モモ》は、桃《モモ》に、遅れ〃

〃隅《ア》、ッ、ペ！〃

〃隅《ア》、ッ、ペ！〃

「白い言《コト》」

波《ハ》

アル

以《i》

ハ

〝Paul Cézanneの心のコ

ーツ

ク〟

セレ

、ヂ

〃隅《ア》、ッ、ペ！〃

16 JAN 2020 申訳ないことに、*cinecamera*の電源が切れそうになっていて、……いや待てよ、もう一度くらいの残量があるのではないのか、……ト、綴ってみて、そうか、なんとか少しを残しておくということを心は考えているらしいコトに気がついていた、……。カフカの夢をみていた、……。書きものの小さな山をまえに。柿木さんの「ベンヤミン」よみの影響でもあるのだけれども、北川透氏の「記号の森の伝説歌」よみのためでもあったらしい、……。このままにしておこうと思う、ここ糸屋さんにいてなんとも、とても嬉しいことのひとつは、ひきだしが空（カラ）であること、……。「日和山」の書きだしを、「外」の壁に、書けたということは、じつに稀らしく初めてのことだったのだと思う、……。

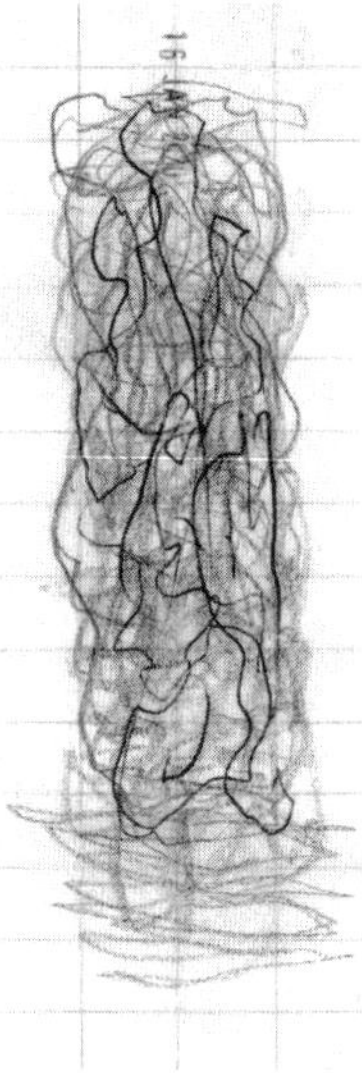

〃*Oh,! Mademoiselle Kinka,!*〃

〃海底は枯《カ》れ、そコに、海《うみ》のひとしずく〃

〃桃《モモ》は、桃《モモ》に、遅れ〃

〃隅《ア》、ッ、ペ！〃

〃隅《ア》、ッ、ペ！〃
〃海、枯《カ》
レ〃
セレ
、
〃、、、、摩《ノボル》、、、、〃という声が、し
た、、、、、〃

22 JAN 2020 紐育《ニューヨーク》、今朝はメカスさん撮影日初日、……いや二日目、ブルックリンに、遺児ともいえるセバスチャンさんを訪ねて、また、心は驚愕をしていた、……。このことを、いま、撮影のスタッフにわたくしの言葉で説明はし得たとは思うのだけれども、……。メカスさんが心をこめて、宝石のようにみがきあげた、作品としての人の心が、わたくしたちに語り掛けて、メカスさん没後であるだけに、言葉にならない、感動とか衝撃といってよいものを感じていたのだった。これを、どう、さらに向う側からやッて来る「詩」に、出来るかどうかが、わたくしの試練なのだ、……出来るのかなあ、……。眩暈を覚えて、いまにも倒れそうであった、……。

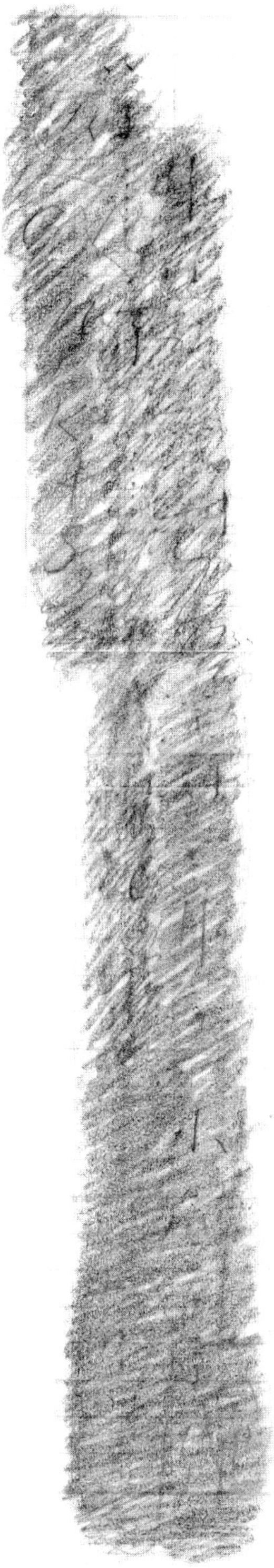

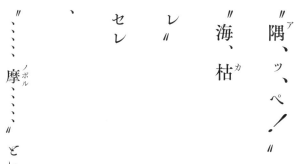

、

「白い言《コト》」

わたくしのなかをながれる水が、グラウンド・ゼロの（鎮魂の）プールの水にきく、〝おまえたち、ここで、何をしてるんだ？〟〝清瀧のふりをしてさ〟と。応《こた》えは、深い、哀《あは》れなものであった、、、、、。石巻の日《ヒ》和山《ヨリヤマ》に戻って来て、わたくしのなかの水は、朱に染まる夕暮れのウミに、たずねていた。〝ここで、何してるんだ？〟と。応《こた》えは、重くて怖ろしいものダッタ。巨きな溜り水、胎内でみた、そのウミは、粒焼居多、、、、、、

〝隅《ア》、ッ、ペ！〟

〃隅《ア》、ッ、ぺ！〃

〃残ったのだ、、、、、。仕方なく、、、、、、〃と。そう、云って、幕を下ろすように、水平線ハ、沈んで行った。それはわたくしが初めてみる、曇った水平線だった、、、、、。誰かがみていた。わたくしのなかの水ハ、項垂《うなだ》れていた

〃隅《ア》、ッ、ぺ！〃

〃隅《ア》、ッ、ぺ！〃

そのときだった、、、、、。水は静かに語りはじめた。おまえが幼ないとき

にみた驚異を通して、わたしは語ろう。或る日、水流を、縦紐《たてひも》のように、泳ぐでもなし、そう、一条の光となって、水流を渡って行った、蛇《へび》を観た驚異を、おまえは覚えている筈だ、、、、、。覚えているか、わたしが、そのときのおまえの母親の水だ、、、、、

〃ア〃、

、

「白い言《コト》」

−7 FEB 2020

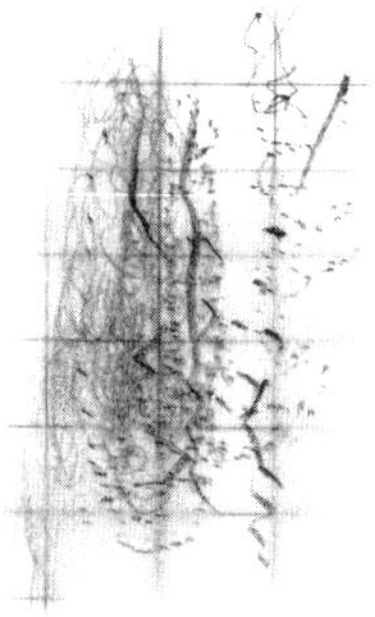

大海亀

、!

、!

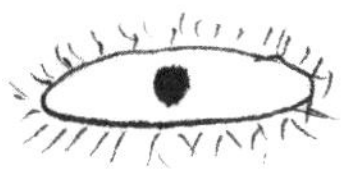

Mademoiselle Kinka、貴女の姿が、
生前の母の姿の化身であることに、
生前の島の姿の化身であることに、
それに気がつくことに、必要であっ
た、七ヶ月、八ヶ月、、、、、それは貴
女の、母の胎内にいた、貴女の、島
の胎内にいた、ときの、ア! ときは

生まれる、誕生を、して、、、、、いる、、、、、、

〃隅《ア》、ッ、ぺ！〃

Mademoiselle Kinka、貴女の姿の、あるいは俤、立姿の不思議さが、いま、わかりはじめてきている。離れて、佇んでいる、、、、、光も、不思議そうに話している、窓いっぱいに、間近かに、少し離れて、立っている、巨壁としての母も、ここにと、光は云う、、、、、

〃隅《ア》、ッ、ぺ！〃

そう、光のはかない、、、、、、というのよりも、光のたよりなげな、「お能」に「弱法師《よろぼし》」というのがあるでしょ？　あの盲目の光なのよね。

あそこでさ、光は、手弱女《たおやめ》になるのよ、、、、、。生まれ立ての仔《コ》みたい、、、、、、。光のはかない島よ。*Paul Cézanne*のも*Valery Afanassiew*の指先も、そうだけどさ、*Oh!* 喪《うしな》はれた指先の光よ

〝*Oh! Mademoiselle Kinka!*〟
〝海底は枯《カ》れ、そコに、海《うみ》のひとしずく〟
〝桃《モモ》は、桃《モモ》に、遅れ〟
〝隅《ア》、ッ、ペ！〟
〝隅《ア》、ッ、ペ！〟

〝ア、〟

〝いし、の、皺《しわ》、イ（〝それ〟のアイヌ語、、、、、、、）を、縫《ヌ》い、、、、、、、！〟

〝Oh! Mademoiselle Kinka!〟

いし

の

皺《しわ》

イ（〝それ〟の、アイヌ語、*、、、、）を、縫《ヌ》い、、、、、

まき

緑《みどり》

の

罫《ケイ》君
野蒜《のびる》
の
ヌ（〃沢山の渦が巻く〃のアイヌ語、、、、、）を、縫《ヌ》い、、、、、
〃隅《ア》、ッ、べ！〃
〃隅《ウ》、ッ、ぺ！〃

−5 DEC 2019

〃ぎi、、、、〃

〃ぎi、、、、〃

「白い言《コト》」

-6 DEC 2019

〃イ、、、、、！〃

太古、、、、、

ダ、タッ、、、、、、〃太陽は、三角《さんかく》山を、ぎらぎら越えていッタ。〃

〃Oh! Mademoiselle Kinka!〃

HIP《ひッぷ》、HOP《ほップ》

日和山《ヒヨリヤマ》！

-7 DEC 2019

〃イ、……！〃

11 DEC 2019 ……「声」のラテン語か古ギリシャ語を、マリリアさんにさがしてもらって、仏蘭西語とともに、……というイデアを、こうして書きつつ、深めようと思う、……。異語 *or* 異舌（ベロ）が、こうして、いよいよ「詩作」の奥にその姿をあらわして来ていて、それが、この言語の底の底の声の皮膚（カハ、……）であるような気がする、……志賀直哉氏が〃国語を、仏蘭西語に、……〃といわれたということヲ、……しばらく、考える、……。

11 DEC 2019

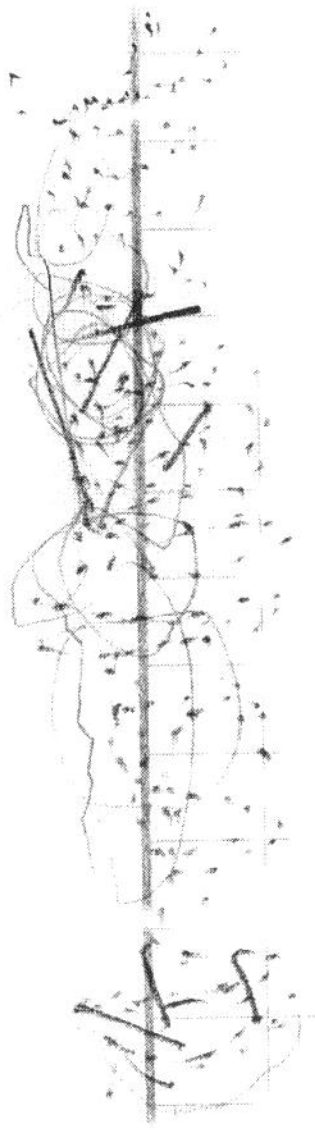

緑《みどり》の

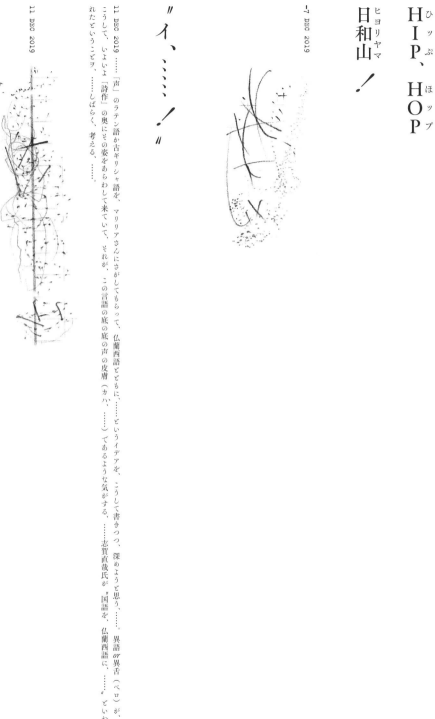

ヒヨリ
日和
の
緑《みどり》
〝イ！、、、、〟

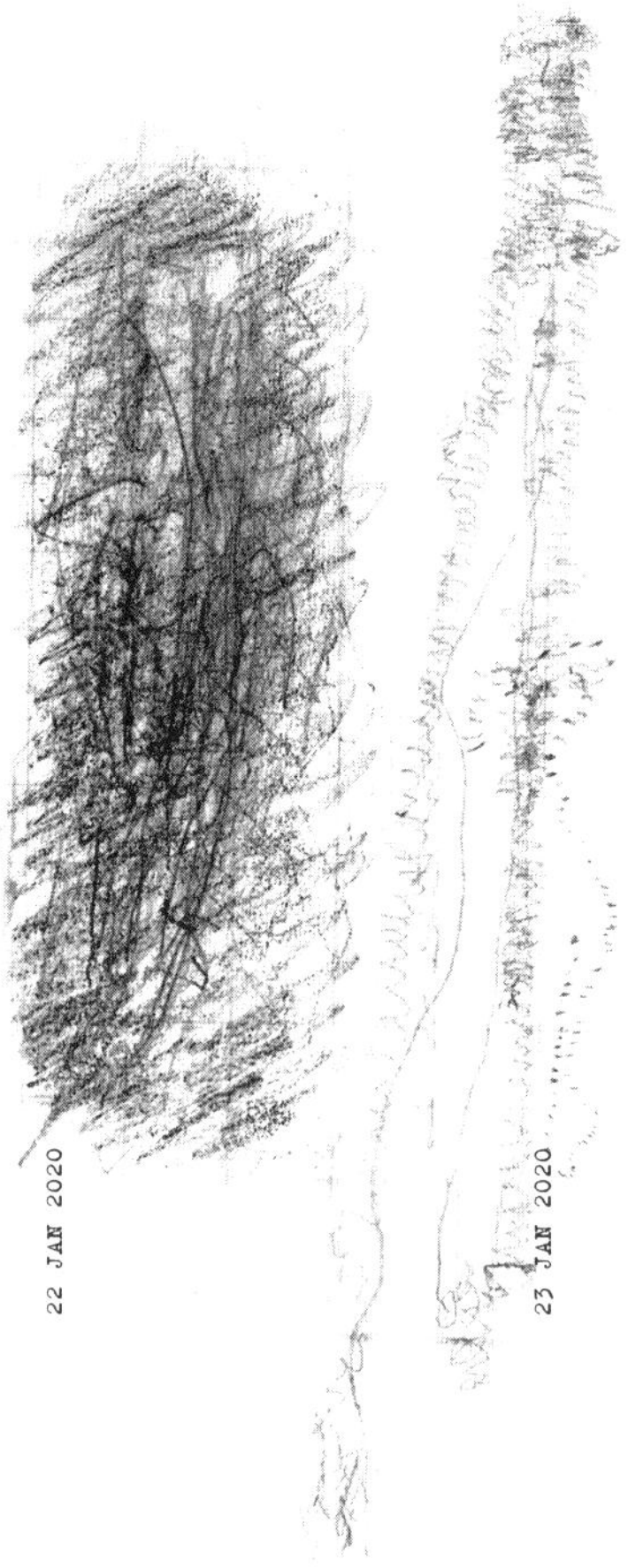

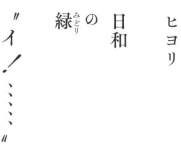

〃、ッ！

HIP《ひっぷ》、HOP《ほっぷ》

〃日和山《ヒヨリヤマ》！〃

〃*Oh! Mademoiselle Kinka!*〃

29 FEB 2020 仙石東北ライン、……石巻から仙台まで、偶々《たま〳〵》、隣の座席に乗り合わせることが出来た、……賢治研究の大沢正善先生より、おたよりと資料が二通届けられていた、……、驚くべきことに、この偶々の出逢いに、困惑と驚きと、これを、どう書くことになることかと、心配、……うん、もう、直（じか）に書いてしまう、……。賢治の眼の驚きに映った「ウミ」に驚きを、日和山で、何故わたくしの眼もそれを感じていたのかに、さらに驚き、昨日*28 FEB 2020*の夕刻、近くの月島図書館に、自転車を走らせていた、……。賢治の「文語詩未定稿」にあり、大沢正善氏が、それについて書いてられる。〔われらひとしく丘に立ち〕の〃われらひとしく丘に立ち／青ぐろくしてぶちうてる／あやしきもののひろがりを／東はてなくのぞみけり／そは巨いなる塩の水／海とはおのもさとれども／伝へてきゝしそのものと／あまりにたがふこゝちして／ただうつゝなるうすれ日に／そのわだつみの潮騒えの／うろこの国の波がしら／きほひ寄するをのぞみゐたりき〃（傍点吉増）、二、三行で転写を止めようとして、賢治の初めての眼、……幼ない、……中学四年生、賢治の眼が、しかも、……この〃しかも、……〃が、わたくしの内部の驚きの声だ、……つまり、初めて、石巻の日和山に登ってみたときのわたくしの眼のした驚きと、十四、五才だったのだろうか、生れてはじめて〃これが海、……〃とみたらしい、……、賢治の眼の、……（正確には〃日和山がみた、目の驚きに、……）偶々、合ってしまったことへの驚きであった、……、〃……ニモマケズ〃を、心底憎む……、八才、九才の幼い記憶が、どうしても承知をしない〃……ニモマケズ〃の賢治の眼を、初めて……（正確には、日和山の目を通して初めて、……）みたことが、わたくしのした眼の言葉、……（え！〃眼にて云ふ〃？）が、一致をしてしまったことへの驚きであったのだ、……。しかも、わたくしは、これを急いで確かめようと月島図書館へ急いだのだったのだが、大沢正善先生は、引用二行目の〃ぶちうてる〃について、〃「ぶち」は「打ち」ではなく、まだらを意味する「斑」かも知れないと。「鹿踊りのはじまり」で鹿は嘉十の手拭いを白と青の、「ぶち」だと見る。「打ち」なら海岸の波を、「斑」なら沖合の波を描いていることになる。〃大沢先生のこの「語注」に、再《また》、驚いて、「鹿踊りのはじまり」のこの語の濁りを確かめようと、自転車で月島図書館に走っていった、……。鹿の言葉はこうだ、……〃とにかぐ白どそれがら青ど、両方のぶちだ。〃と。さあ、……。

29 FEB 2020

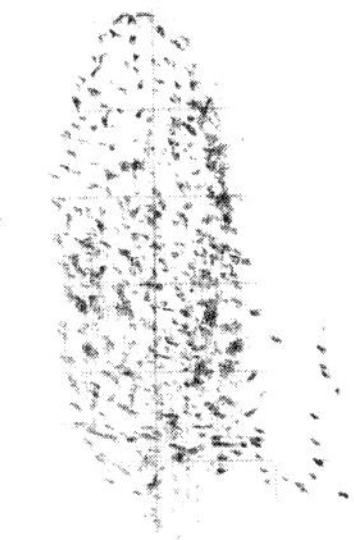

29 FEB 2020 うん、この〝ぶちうてる〟は、ぶッつく、ぶッたくる、ぶッこわす、接頭語の〝ぶッ〟、……とおもってはいたのだけれども、……。

宮沢賢治さんに問いつつ綴る、、、、、。なんだろう、この〝うみ(海)〟は、

、、、、あなたが、不図、書いたらしい〝東、はてなく〟の「東」が、そう、妖しいかがやきをたゝえている。そして〝あまりにたがふこゝち〟を、敢、へて、わたくしめは、幼年のとき以来の傷の声として、〝ボーソーハルカオキアイヨリ、テツキ、シンニュウシツツアリ〟と襲ねていた、、、、、。〝何だこの海は、、、、、〟と、襲なる。そしてこの日和山《ヒヨリヤマ》が、おそらく太古からの人々の瞳を、うん、襲ねていること確実だとするのならば、おそらくきっと、無言のうみが、、、、、。その先へ、、、、、。さらに

さらに〝敗ケタ〟ノニ、〝敗ケズ〟ヲ、連呼をする、貴方の声を、しばらく、嫌悪した、わたくしの幼い心の傷口にも尋ねなければ、、、、、。〝ウミユカバ水漬《ミヅ》ク屍《カバネ》、、、、、〟の歌の底《ソコ》の小声を、いまだに耳にしているではないのか、、、、、。その、答え、あるいは応えを、日和山《ヒヨリヤマ》に聞く、、、、、。賢治さんも立ち、われらひとしく、立ったこの丘が、たとえばもしも、日和山《ヒヨリヤマ》なかりせば、、、、、。この島々に、いやこの宇宙に、処々の物見《ものみ》の日和山《ヒヨリヤマ》もしなかりせば、、、、、。おそらく、わたくしたちの「詩」は、そこに、必死で登ろうと、そこに丘が、、、、、と、指呼をしているのだ、、、、、。そうなのだ、、、、、。

〝Oh! Mademoiselle Kinka!〟

折角だ、、、、明治四十五年五月二十七日、盛岡中学校四年級修学旅行で石巻を訪ね、日和山から初めて海を見た、賢治の詩（文語詩）をここに。

10 JAN 2020

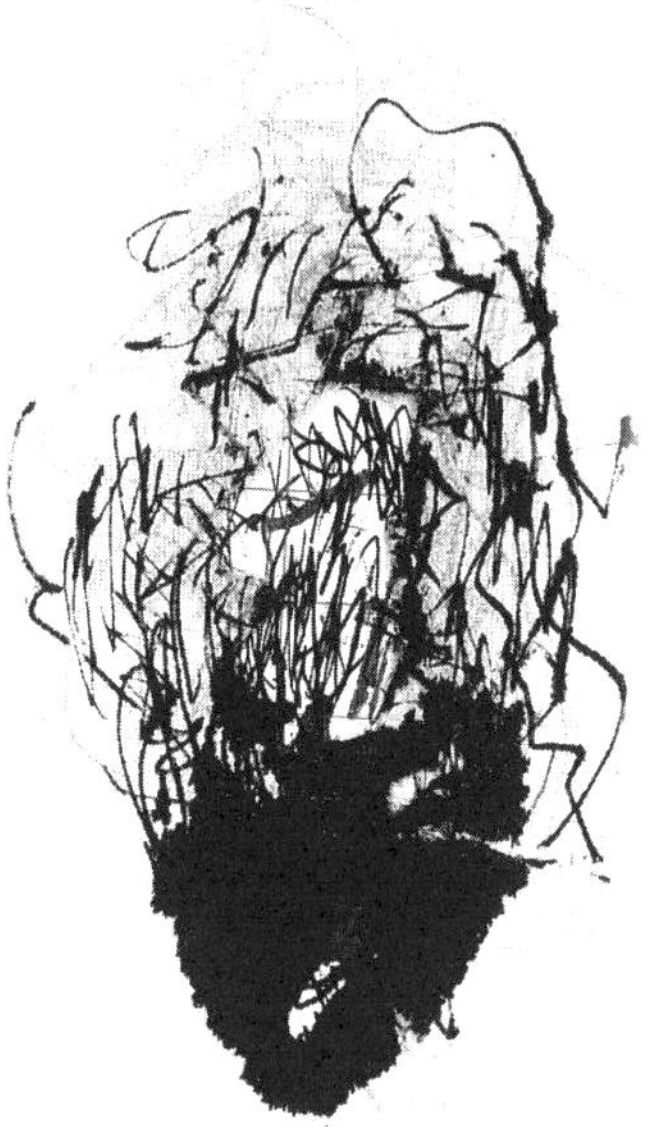

〃ッペ！〃
大川小学校
〃ッペ！〃

〃鈍《どん》、暗《あん》、な、日《ヒ》、ざ、し〃（朔太郎「ある風景の内殻から」空白引用者）

テ

、

ノ

、

ヒラノ

、

ト

ン

〔われらひとしく丘に立ち〕　宮沢賢治

われらひとしく丘に立ち
青ぐろくしてぶちうてる
あやしきもののひろがりを
東はてなくのぞみけり
そは巨いなる塩の水
海とはおのもさとれども
伝へてきゝしそのものと
あまりにたがふこゝちして
たゞうつゝなるうすれ日に
そのわだつみの潮騒えの
うろこの国の波がしら
きほひ寄するをのぞみゐたりき

〝*Oh! Mademoiselle Kinka!*〟

いし

の
皺《しわ》
イ（〝それ〟の、アイヌ語、、、、、）を、縫《ヌ》い、、、、、

まき
緑《みどり》
の
罫君《ケイ》
野蒜《のびる》
の
ヌ（〝沢山の渦《うず》が巻く〟のアイヌ語、、、、、）を、縫《ヌ》い、、、、、

〝隅《ア》、ッ、べ！〟
〝隅《ウ》、ッ、ぺ！〟

〝われ、海溝を、イ、抱いて、、、、、〟

〃、、、死《シi》、いまだし。〃

〃、、、死《シi》、いまだし。〃

HiP《ヒップ》、HOP《ホップ》！

日和山《ヒヨリヤマ》！

〃イ、、、！〃

−5 MAR 2020　島周（しまめぐり）の宿さか井さん206号室に戻って来て、被災された方々の言葉を読みつづけていた、……。昨年、二〇一九年、夏の二ヶ月のときには、この部屋に籠っているだけで、ほとんど、ここにいるだけで、全身全霊だったのだけれども、八ヶ月、九ヶ月、とうとう「詩の言葉」が、わたくしのなかに、僅かに細い道を、造りはじめたからだろうか、あるいは、この「詩作」の〃*Oh! Mademoiselle Kinka!*〃という呼びかけが、生きて来つつあることは判って来ている、……。そして、前夜泊の石巻の常宿Ｆｕｔａｂａ Ｉｎｎさんの本棚からお借りして来ました『東日本大震災・石巻の人たちの*50*日間、ふたたび、ここから』（池上正樹著　ポプラ社　二〇一一年六月刊）を、心読をしていて、女川町のところで、とうとう、わたくしは再（また）、出逢うべくして、〃河の女神の声〃に出逢っていた、……。ここ石巻、ここ牡鹿に来て、心急くとも、どうしてか、この日まで待った〃河の女神、……〃の声に、再（また）出逢うこととなった日、気がつくと、「散文詩」のように次の記述が現れて来ていた、……。夜睡ると、河の女神と化したのか、行方知れずの奥さまは、間違いなく、さか井の206号室のこの部屋に、通気孔の細い格子から、明るい雲となって、天井に少しづつ、這入って来られていたのだった、……。その「散文詩」のような一文を読んでいただく前に、〃草筆＝草文《くさぶみ》〃を試みておきます、……。心の働きを、……。午前九時少しすぎ頃でした、……。

−5 MAR 2020

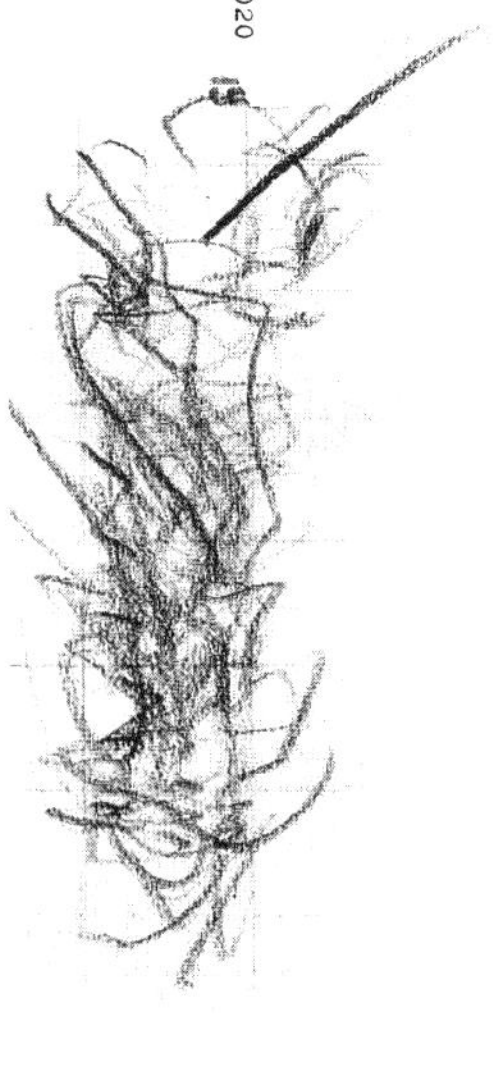

おそらくきっと、わたくしの往生のとき、わたくしはきッと、ゆッくりとした鉄路（轍《わだち》の小声と枕《まくら》木の囁き、、、、、）を、な、、、、、き、、、、、聞くのだろう、、、、、判らないのだけれども。でも、女川《おながわ》町の黄金《こがね》町地区の細長く伸びる谷筋の集落に住んでられた奥さまは、ご両親と小学生の娘さんとともに、おそらくきっと運転席に、乗り込まれようとされた、そのときに、津波に襲われたらしい、、、、、。（『ふたたび、ここから』、女川町、破片すら見つからず——ポプラ社刊、九七－一〇一頁）そのときの奥さんの耳になにが聞こえていたかを考えることは、できない。できないことなのだ。わたくしは、きっと、わたくしの往生のとき、いま、ここに綴った、女川《おながわ》町の黄金《こがね》町地区の細長く伸びる谷筋の集落の谷の小声を、、、、、「谷川」ではなくて、かつて渓（たに）が彫ったらしい、美しい筋に、住われていた筈だ、、、、、そのウック、シイコエを、きっと耳にする筈だ、、、、、これは、世にも美しい女川なのだ、、、、、。

、な

、、、、き、、、、、、

"Onna=内部"（アイヌ語、、、、、）の、"菜《ナ》の、名《な》です！"

ぎ《i》

ぎ《i》

古

恵《e》多、、、、、、

"イ、、、、、、！"

2− DEC 2019

巻《まキ、》石《いし》、八《や》巻《まキ、》、石巻《いしのまキ、》、、、、

−6 MAR 2020 石巻、IRORI、木の香、イシノマキの巨きな白い雲が入って来ている、奇蹟の場所、ここが日和山なのですと、わたくしは小声で語り掛けていた、……。大島幹雄氏(「石巻学」)、宮田建氏(河北新報)、志村春海さん(*Reborn Art Festival*)と、詩の朗読会でもするように、……変な喩だけれども仕方がないな、……本当にそうだった、……。そのとき、わたくしはふと、気がついていた、……大島さんが、〃ヒヨリヤマは、その名も諸国に数おおく、……〃とおっしゃったときだったろうか、……。誰かが、中天(なかぞら)で、頬笑んでいる気が、確実にしていた、……。うん、この〃なかぞら〃が、「山上他界」なのだ、……。その笑顔が、少し遠くの金華山(*Mademoiselle Kinka*)であるらしいことは、たゞちに察知はしてはいたのだったが、もしかすると、幼いわたくしを育ててくれた……(昭和十五年、昭和十六年)祖母《おばあ》ちゃん大祖母《おおばあ》ちゃんが、呼んでいるらしい、貴女の美しい頬笑だったと気がついたときがありました、……IRORIの木の、……木の香り、……の白い雲。

〃隅《ア》、ッ、ベ！〃
〃隅《ウ》、ッ、ペ！〃

〃ぎ《i》、、、、、〃
〃ぎ《i》、、、、、〃

〃*Oh! Mademoiselle Kinka!*〃

＊「イ（それ）」は恐ろしいもの。例えば、イオナイ、i－o－nai＝「蛇の多い沢」と。大沢正善先生よりの資料によった。
＊＊同じく「野《の》蒜《びる》」は「ヌプリ」の訛りで、nu－puriのヌ（豊富）ピリ（渦）＝「沢山の渦が巻く」に、触発をされていた。
＊＊＊『わが悪魔祓い』「ああ少年の顔の阿修羅が、……」（一九七四年青土社刊）改稿。

〃木蔭《コカげ》に、〃ユメの庭、、、、〃〃シシシロシカル！〃

〃ユメの庭、、、、、〃

木蔭《コカげ》に、

〃シシシロシカル〃

（*sissirosikar*＝道しるべをつける。熊はその通路の幹によく爪跡や噛み跡を残しておく。知里真志保『地名アイヌ語小辞典』二十一頁、同書の表記「シㇱシロシカㇽ」。）

〃シシシロ、、、、、！〃

〃シ！〃

そこに

〃イ《i》の樹木《き》が立って来ていた！〃

16 MAR 2020　〃ココロ、……〃に〃火《i》、……〃がついたのかも知れなかった、……。この日の朝の〃ユメの庭、……〃に、「イ」が立って来て、……この言い方でいいのか、……いや、……「イ」が、この〃ユメの庭に、……〃たしかに顕現（エピファニー）したということが起こったらしいことの驚きが、〃ユメの庭、……〃の場所で、……*or* いま、……いまのわたくしのいるらしい場に起きて来たことへの驚きによって目を覚ましたらしい、……。あるいはこれは、「*Mademoiselle Kinka*」の〃*Ki*〃の〃*i*〃の音の妖精であったのかも知れなかった。そうして、髙木真史氏が、そっと囁いた〃イ、……〃（小さな、……）の、お、心が産んだものであったのかも知れなかった。〃ユメの庭、……〃では、未知の中年の男性（学者 *or* 詩人のような、……）が、ここに〃セシウム、……〃が、存在していることは確実で、……といわれていることの〃ユメの庭、……〃の隈《ミ》で、わたくしらしい者が不意に、その〃セシウム〃の〃イ、……〃なのですと語っていることへの驚きが、この〃ユメの庭……〃での驚きの内実であった。あるいは、もう、お一方《ひとかた》、……二方《ふたかた》が、……白い雲の足音のように、それは、七、八年前、「セシウム」（*caesium, cesium*）＝ラテン語で「青みがかった」の意の *caesius* を、辞書で引いたことを、はッきりと、わたくしが覚えていて、……。〃校正状態のユメの庭、……〃に、〃*i*、……〃が〃イ、……〃が、詩の生物《イキモノ》として顕って来ていたことは確実だった、……。そうして、……白い雲の足音でもあったのだった。音を少しづつ、草筆（くさいと＝糸《イト》罫）に、……。

16 MAR 2020

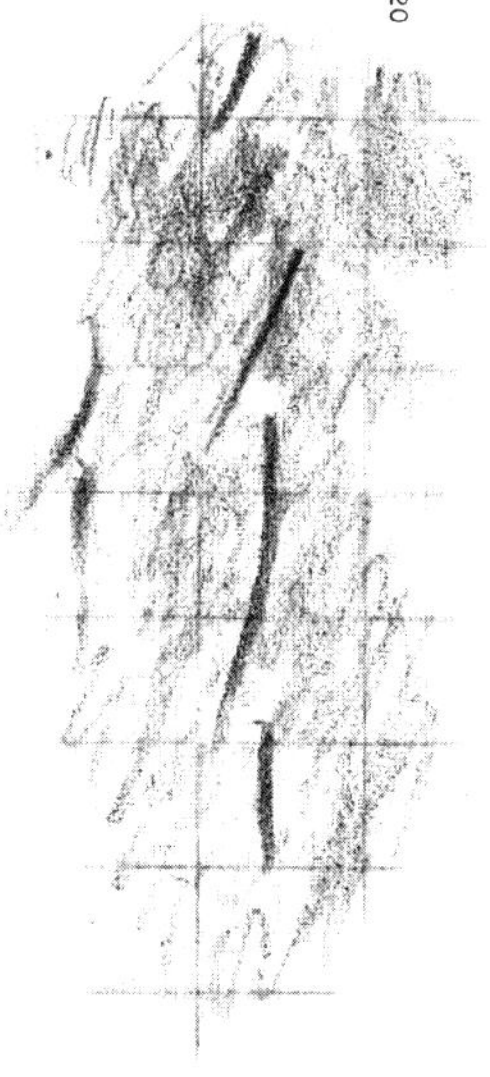

17 MAR 2020　コレト、ナザスコトノデキナイ、キミョウナコトノユメ、……。尺物（金物）の片端《カタハ》ナ、……ココマデ綴ッテ、ドウヤラ、ソレハ、〃イクスパイ〃＝〃パスイ、〃の、パスイ自《みずか》らの夢ラシイことが判りはじめる、……。あるいは、それとは決してみえない、……すがたかたちであらわれてくる〃尺物〃＝そうか、「罫君《キノキミ》」の夢であったのかも知れなかった、……。とにかく、持って歩いていることが、要《カナメ》であった、……。えッ、夢を持って歩くということ？　草筆、を、……。

17 MAR 2020

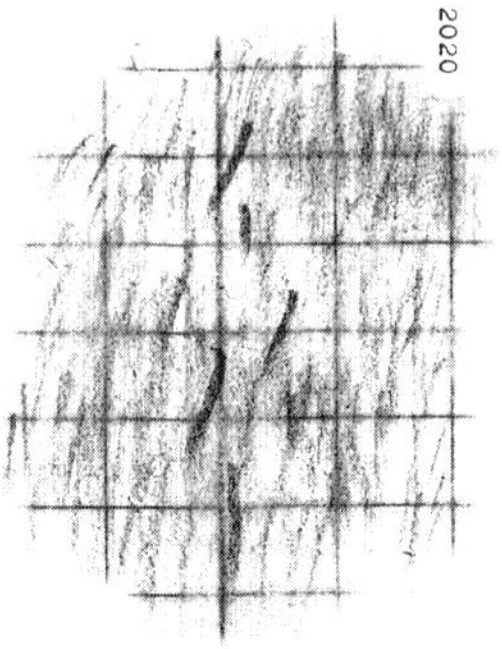

17 MAR 2020　早くも、草–筆 *or* grass écriture《グラス・エクリチュール》ノ、……ノ、というのよりも、が、「罫君《ケイクン》」あるいは「罫君《キノキミ》」の夢あるいは夢見が、姿をみせはじめて、フデの働きのなかの〃イ〃の、姿形であるらしいこと、が確心=確認されていた、……この迅速、この無限の速さなり、……うん、たしかに、これが、罫君《ケイクン》なり。怪物君なり。

18 MAR 2020

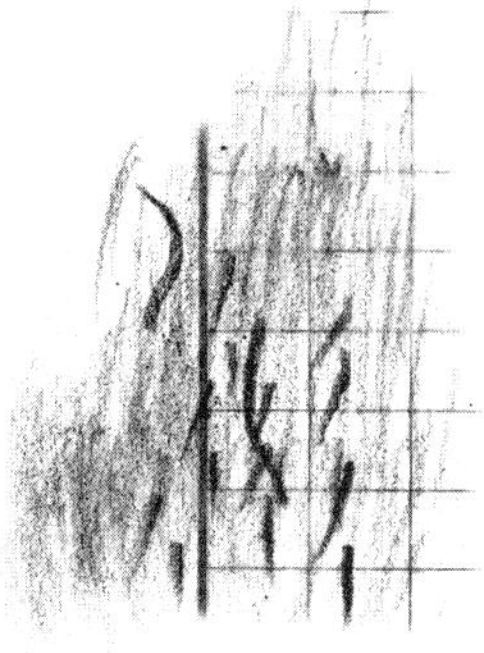

〃ユメの庭、、、、、、〃

木《コ》蔭《カげ》ニ、

〃シシシロシカル〃

そこに

〃イ《i》の樹木《き》ノ君《キミ》が立って来ていた！〃

知里真志保氏のお姉さん知里幸恵《ゆきえ》さんに、語り掛ける、、、、ここで、、、、、、。貴女の筆跡（アルファベット）を見て、驚嘆したことがあった、、、、、。いまなら、その〃驚嘆〃を、説明することが叶う。*u*や*a*や*i*が、木の精や木屑の精のように、説明しがたく美しかったことを、、、、、。真志保氏の記述をみて、情景が、この「情景」を「宇宙」といいかえてもよいのだ。、、、、、手や掌で、立ち木に、標《シルシ》をつけて、られる、聖なる存在の姿を、、、、、。そして、ね、、、、、そこに、「無言語」のような、、、、、「無言語」に限りなく近い、、、、、「イ」が、わたくしの「筆跡(草文、草体、、、、、)」の底からも、立って来ていたのです。そうして、とうとう、罫君《ケイクン》の姿が、、、、、いや、仕業《シグサ》が、白い雲の足跡と足音とともに、詩のなかに這入って来ていた。この無類の無限の速さが、、、、、

〃シシシロ、、、、、!

〃i!〃

北の親友《トモ》たち、知里《チリ》さん、幸恵さ

ん、に、御礼を、心より。もうひとつ、小樽の木ノ内洋二さんがわたくしに恵んで下さった「イクパスイ(髭箆《ひげべら》)」を、パフォーマンスのときに、不図、頭部に載せたことがありました。戴《イタダ》いたのです、、、、、。その「仕業《しぐさ》」の謎が、いまになると、ある暗示、、、、、それが「詩」や「夢」といわれるものの「仕業《しぐさ》」だったようです。「イクパスイ」の「イ」が、「姿《すがた》」が、顕《あらわ》れたのですね、「イ」という姿形になって、そして、それが、幸恵さんの、貴女の美しい〝i〟に、とっても似ていました、、、、、。そうして、それは心のイトユメでもあったのだった、、、、、

〝ユメの庭、、、、、〟

〃シシシロ、、、、、！〃

〃i！〃

繁《イ》の、繁《イ》の、繁《イ》、、、、、！

とうとう

〃ここに

、、、、、き、、、、、、

〃赤鉛筆《アカエンピツ》が立って来ていた、、、、、、〃

〃イ《i》の樹《き》木ノ君《キミ》が立って来ていた、、、、、、〃

〃IRORI！　石ノ巻ノ、、、、、！〃

〃！《i》〃

18 MAR 2020

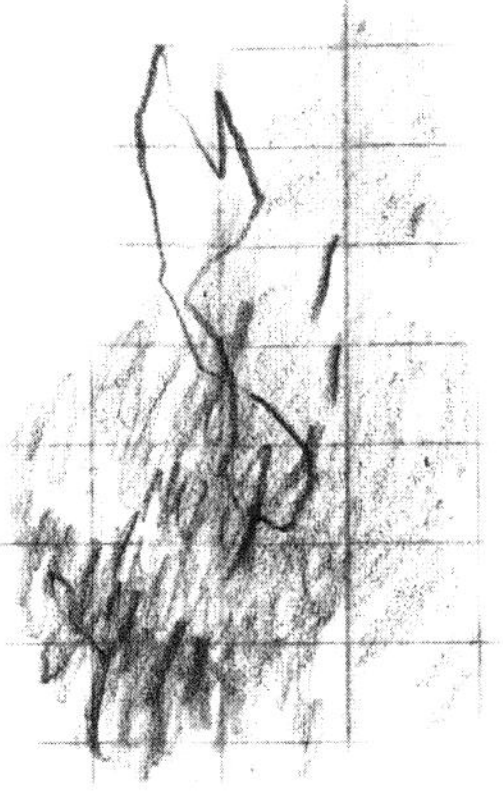

22 MAR 2020　……書き了えたと思ってた「古井由吉」が、崩れ、うごきだしていた。そう、ユメが、命がけのものではないぞ、……と語り掛けるということが起きて、……一夜をすごして、朝五時から九時、……一心に書き直していた、……。本人が生きているような、……そんな曖昧な場から、決然と別れていたのが、書くことの功徳であったのかも知れなかった、……。しかし、こちらのユメの一心さを、加えることが叶うどころにまで、とどいたことが、果報であった、……。

22 MAR 2020

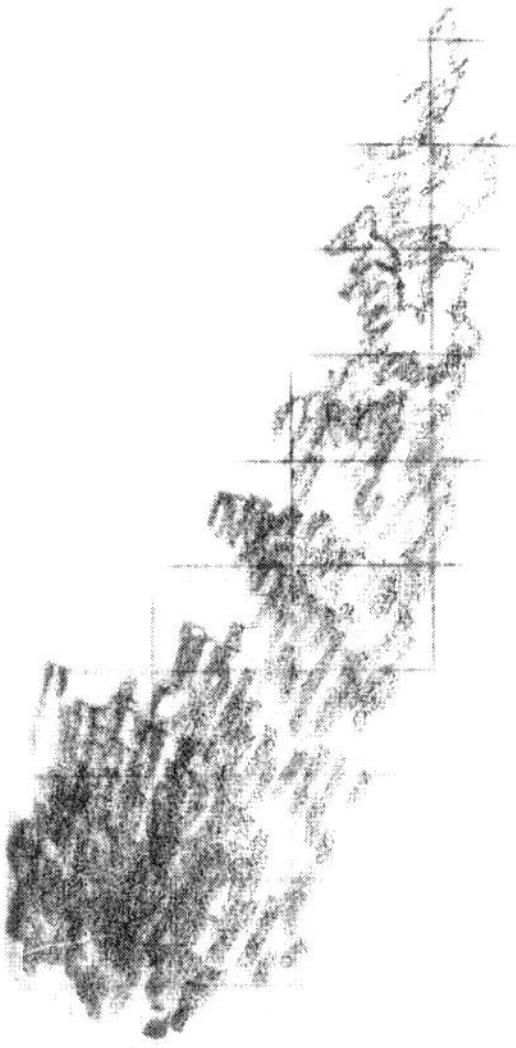

〃無言の口の瞳に倣へ*〃！

〃*Oh! Mademoiselle Kinka!*〃

5 APR 2020

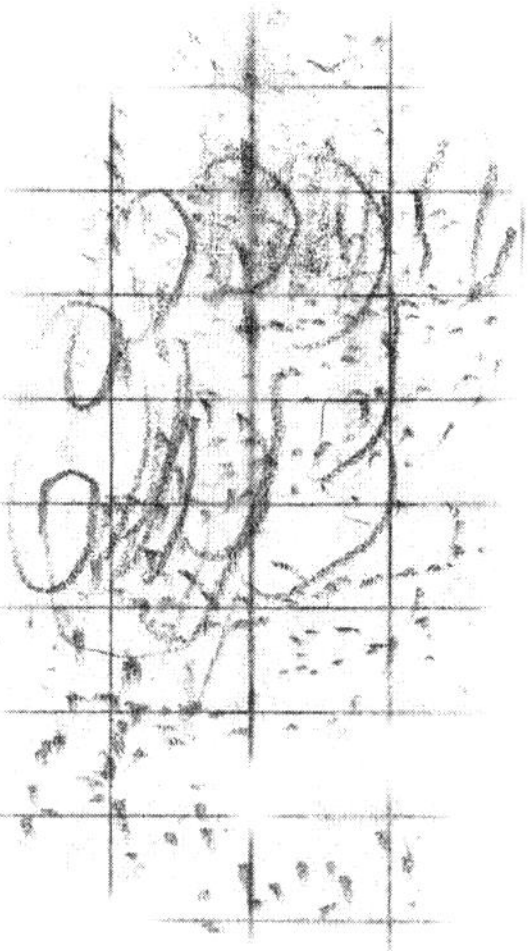

〃日《ヒ》、、、、日和山《ヒヨリヤマ》、、、、、が、泣いていた、、、、、〃

〃日《ヒ》、、、、日和山《ヒヨリヤマ》、、、、、が、泣いていた、、、、、〃

〃心細き長沼《ヌマ》に添うて、、、、、（芭蕉「おくのほそ道」）〃

5 APR 2020　疲れと睡眠、……これほどの疲れと、あてどのない絶望を感じて、……もう、「詩作」は、ムリなのではないか、……不可能ではないのかと、睡りながら、かつてない懊悩に輾転としていた、……。自分の体調かと思いながらも気が付いたことがあった、……。昨日朝、日和山《ヒヨリヤマ》に登っていたとき、麗らかな春の光のもと、むしろ晴れた心になっていて、日和山に抱《い》だかれているような気がしていたのだったが、あのとき、山は泣いていたのだ、日和山が泣いていたことが、わたくしの心身に、それとは知らずに感じられていたらしい、……。もう、詩の一行も書けはしないは、日和山の泣き声とともに「土地」の声となって、聞こえて来たものだったことに気がついていた、……。速達で届けられた、書物六冊、……『芭蕉全発句』（山本健吉氏）、『地名アイヌ語小辞典』（知里真志保氏）、『ネルヴァル覚書』（入沢康夫氏）を、吉成秀夫さんのお心とともに稲妻のように頁を繰るとき、さか井206号室の窓の彼方から、〃*Oh! Mademoiselle Kinka !*〃が、見詰めていた、……。

翁《おきな》（芭蕉さん）も、きっと、不承不承でしたのでしょう、曾良さんとともに登っていったらしい日和山《ヒヨリヤマ》（の裏参道）を、門脇町《かどノわき》の方々の心に添うようにして、登って行きました今朝のこと。翁の心細《おきなノこころぼそ》さに気がついて、つまり『おくのほそ道』の蔭翳《いんえい》にも、気がついていた、、、、、。石巻を出て、北上川添いに歩いて行ったとき、おそらく、翁《おきな》は、大川小学校ノ、、、、、

〃隅《ア》、、、、、ぺ！〃

〃隅《ア》、、、、、ぺ！〃

近くの〃長沼〃、あるいは〃蛇沼〃に添って、とぼとぼと歩いて行かれた筈なのだ。その〃心細さ〃が、心に染みる、、、、、。〃袖《そで》の渡《わた》り、尾《お》ぶちの牧《まき》・真野《まの》の萱原《かやはら》などよそ目《め》に見《み》て、遥《はる》かなる堤《つつみ》を行《い》く。心細《こころぼそ》き長沼《ながぬま》

に添《そ》うて、、、、、、〃とあり、ここで、わたくしたちの〃風景をみる目、、、、、〃のちいさな発見を、語らせて下さい。つまり、、、、、、じつは、災厄後の堤防、防潮堤の、、、、、、あの巨大なコンクリート、、、、、、について、わたくしたちには、語る言葉がなかったのだ、、、、、。しかし、北上川添いに、〃心細《こころぼそ》く〃〃遥かなる堤《つつみ》を行く〃翁《おきな》と曾良の後影に接して気がつく。おそらく、数百年、、、、、、いや、千年も、それ以上も、わたくしたちは、〃この遥かなる堤《つつみ》〃に、足を奪われ、、、、、、〃奪われ〃は、いささか、大仰だが、この道行を、余儀なくされていたのだッた、、、、、。不図、『東京物語』(小津安二郎氏)のシーンが目裏に浮かぶ。祖母《おばあ》ちゃん(東山千栄子)の居た場所も、ここだった!心細《こころぼそ》さ涯不知《はてしれず》、、、、、

〝ユメの庭、、、、、、〟
木陰《コカゲ》に、
〝シシシロシカル〟

〝シカル〟
そこに
〝イ《i》の樹木《き》ノ君《キミ》が立って来ていた！〟
〝Oh！ Mademoiselle Kinka！〟

〃もも、、、桃木《モモのキ》、、、宇宙に、、、、
ゆっくり、、、引っ掛って、て、、、、！〃

27 APR 2020 ……あるいは、もしかしたら、この詩篇に〃、シルシ〃をつけることになった、熊さんの掌の跡の「シシシロシカル」は、わたくしの心は、その樹の肌に、……何故《なぜ》か、燦燦たる春のひかりの射す、何処かの、木肌に、押し葉でもするかのように、〃キ〃を、掌で押しつけた、……〃葉書〃の〃夢書《ゆめが》き〃のようなものだと、幽かに、考えていたのではなかったか、……。

〃栗鼠やお猿さんに、いう、、！〃 〃もう、帰らなくたっても、、、いい！〃

〃キ *i* ！〃

to と（とー） 沼、湖。——古くは海をも云ったらしく、北海道の山中の忌詞では海を *to* と云い、樺太の祈詞や古謡では海の風を「とーマゥ」*to-mau*（トーの風）と云う。また海の凪を「ノと」*noto* というのも *no-to*（よい。海）の意だった。日本でも九州や沖縄で海をトと云った例があり、壱岐や対馬でもそうだったらしいから、たぶんそれと関係があり、結局は古い朝鮮語とも結びつくかもしれない（小倉進平、朝鮮語方言の研究、下巻、*P.491* 参照）。知里真志保『地名アイヌ語小辞典』一三一〜一三二頁。傍点、引用者。

〃海《ト》は、、、背《ト》でも、あったのかも、、、知れなかった、、、！〃

〃背《ト》は、、、海《ト》でも、あったのかも、、、知れなかった、、、！〃

28 APR 2020

29 APR 2020　言葉の尾鰭、……その細部、切れ目、接続部のぼ、や、け、にまで届くよ、う、に、届くよ、う、に、……、そして〃不死の言語〃への小径《ミチ》を、〃夢書《ゆめが》き〃の小径《ミチ》を、はっきりと通りますよ、う、に、……。〃言葉の命のト、(イト)はわたしの指(ビ)が、……〃と聞こえる声が、消えて行くところに、ま、ま、に、……。

(この、、、)葉書《ハ》、、、届きませんよ、う、に、崖から舞って落ちても行きますよ、う、に、、、、

30 APR 2020

躓《つまヅ》く(「空間現代」の野口順哉さんへの葉書詩。)
この葉書《ハがき》、、、届《とゞ》きませぬように、、、
伊吹《イぶき》か鈴鹿《すずか》の残雪《ざンせつ》のなかの埋《うも》れ木《ギ》か枝《えだ》となりますように、、、
この葉書《ハがき》、届《とゞ》きませんように、、、
何処《どコ》かの峠《とうげ》の樅《もみ》の木《キ》の木《キ》肌《はだ》に、そっと張《は》られて、、、落《お》ちませぬように、、、

この葉《ハ》書《がき》、、、 届《とど》きませン、ように、、、

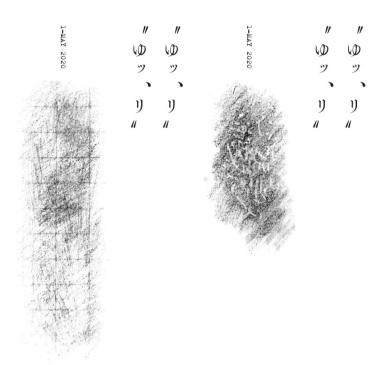

〃ゆッ、リ〃

〃ゆッ、リ〃

1-MAY 2020

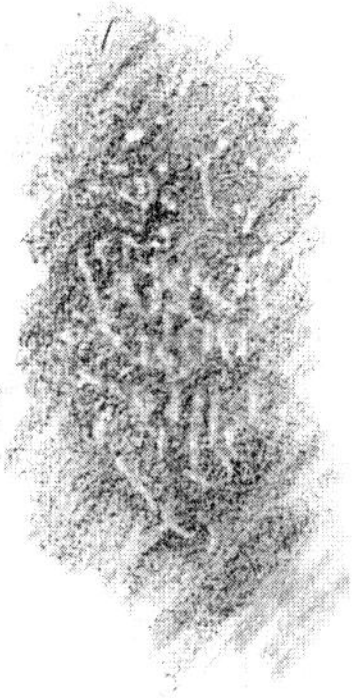

〃ゆッ、リ〃

〃ゆッ、リ〃

1-MAY 2020

1-MAY 2020

（葉《ハ》書詩 ‐ 吉成秀夫氏に）〃心細さって何、、、〃ふっと、聞こえて来た、この小声は、
もしかして、みたこともないような妖精が、〃わたくし消滅してしまいたいの、、、〃
と、そっと粒焼居多ことの名残《なごり》なのではないのでしょうか？
たとえば、春のひかりを浴びて倖せそうな街路樹の傍まで歩いて行って耳を澄まして
みた、、、。〃あなたも心細いの、、、〃と。
すると、とどろいたのは、烈しい声の、、、〃稲妻《イなずま》なのよ、わたくし、、、〃だった、
、、。

春日路傍　2020.4.30　佃　ゴゾhi

1-MAY 2020

吉増剛造先生

前略　ワープロ文字で失礼します。

このたびは貴重な機会を頂戴しまして、誠にありがとうございます。一生懸命とりくんでいきたいと思っております。

また、このたびは*FAX*を頂戴し、感動いたしました。

ちょうど昨日、小黒君からの電話で、彼の障害者施設に通う、私も知っている人がコロナに罹患したと思い込んで自殺してしまったという話を聞きまして
から、その衝撃がずっと続いていて、心細くなっていたところでございました。

知人というのは、私が大学卒業してすぐのころ二か月ほど勤めました障害者施設に通所していた利用者さんです。

少し気が弱いけど、優しくて、いつもニコニコしているおじさんでした。タクシーチケットを利用して支笏湖へ行き、そこで入水したそうです。

当時は生活保護をもらう人を弱者特権だとして攻撃する変な風潮があったころで、障害者さんたちは肩身の狭い思いをしていました。

また、思い出すのですが、彼らは互助の繋がりが生命線で、仲間が身を寄せ合うことがとても大事な社会生活をしており、差別に敏感で、だから自分が差
別されることに普段から大きな恐れを抱いている人たちです。

そこにコロナのプレッシャーがかかってくると、恐怖が増幅して自分がすでにもう最悪の事態に落ち込んでしまったのだと思い込み、その想像に自分が一体化していき、ついには絶望してしまうのかもしれません。自分が他人に迷惑をかける存在になるかも知れない。医療崩壊に遠慮し、社会や、自分が通う施設に迷惑をかけまいと、自ら消滅することを選んでしまったのかも知れません。

これはあくまでもぼくの解釈で、死んだ人にしか真実はわからないですが。


見えないコロナにおびえる恐怖にたいして、寄り添って浄化したり、対峙しうる別の美を創出したりすることが非常に重要な状況なのだと思います。

こんな状況だからこそ、私は*youtube*へのアップロードを、コロナ禍を鎮めるため神に踊りを捧げるような気持ちで、祈るような気持ちを込めて、取り組んでいきたいと思いました。吉増先生の「葉書詩」や「葉書*Ciné*」で瞬間的に異世界に旅して還ってこられる人は救われると思います。私はその裏方として、裏から手を添えるように、作業を続けます。*SNS*という、これも変な空気を醸成するネット空間ですが、そこに亀裂を入れるように、どんどん投げ込んでいきたいと思います。

ふつつかものですが、今後もどうぞよろしくお願い致します。

2020年5月1日

吉成秀夫

28 APR 2020　夢がしばらく「詩作」だったのは、昨日「手帖」V「シシシロシカル」が、到着をして、その姿をよく見、ルーペで細い字のところを精読をしていたことと、桜井美保子さんからのお手紙を心読していて、「イの樹木《き》の君《キミ》が立って来ていた」に、強い印象を残していたため、……、それと、風狂の老人たちの旅のなかに（外国＝バングラデッシュ—電車二両目に）、小林秀雄氏がおられて、お土産をビンセンに、書きを送ろうとして、文面に難渋をしていたシーン、……これも「書く」ということだったのか、……。詩作」の夢は、細部にまで及んで来ていた、……「木曜日ｃｉｎｅ」への用意のようなものも、はじまって来ていたのかも知れなかった、……。

28 APR 2020

29 APR 2020

〃ゆッ、リ〃

〃ゆッ、リ〃

〝——ウ、、、トウ、、、桃木《モモノキ》、、、トウ、、、桃木《モモノキ》、、、！〟

2-MAY 2020

〝イ《i》、、、イ《i》、、、波間《トノマ》ニ、遊星《ゆウせイ》が、、、覆《うらが》える、、、〟

〝獅子《シ、》の二、三メーター傍《そば》にいたことがあった、誰も知らない、背中の葉《ハ》だった、、、！〟覆《うラが》える、、、〟

〝静かだ！〟

3-MAY 2020

4 MAY 2020

〃ゆッ、り
ゆッ、り〃

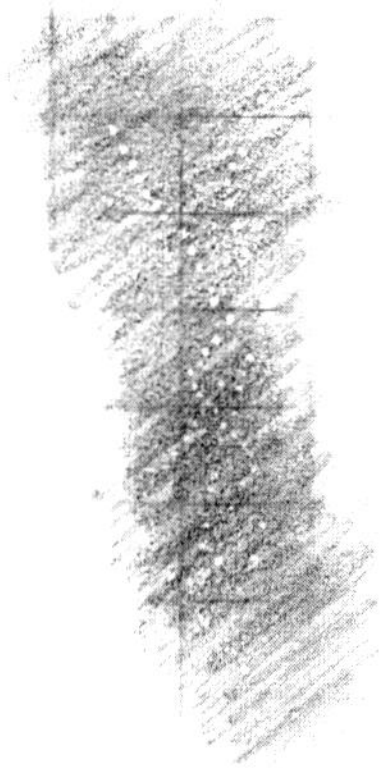

〃ゆッ、り、、、、窪《くボ》、、、、川《ト》、、、、ゆッ、、、、!〃

-5 MAY 2020　詩行の途上で、……名付けを、根のところから、いや、別の力《ちから》の源泉のようなところから、無力の水準において、名付け尽そうとする力能が、幽かに感じとられようとしていた、この〃窪……〃は、……

は、あまねく、〃反=力〃であるのかも知れない。その緩（ゆる）さを、ほゞ唯一の頼りとする、

、、、、、、、、
、、、、、、、、

……。

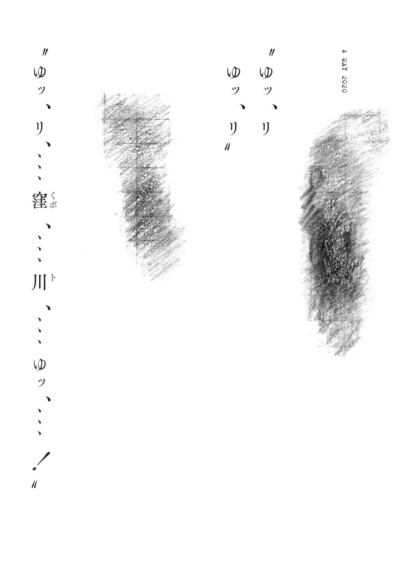

〃もも、、、桃木《モモノキ》、、、宇宙に、、、ゆっくり、、、き、、、引っ掛って、て、、、！〃

〃海《ト》は、、、背《ト》でも、あったのかも、、、知れなかった、、、！〃

〃背《ト》は、、、海《ト》でも、あったのかも、、、知れなかった、、、！〃

（葉《ハ》書詩 -6 MAY 2020）

若い言葉の魅力なのだ、アイヌ語は、、、。瑞瑞《ミズミズ》しい、ね、木幣《きへい》の、、、ね。イなゥサンの、燦燦《サンサン》と生まれて来ている、若葉《わたくし》の言語のru＝道《ルー》の魅力なのだ、、、。こんなcomputerは、生まれようがないのだからね、、、。だってさ、熊《クマ》が掌《てのひら》で叩く樹木《き》の肌《はだ》だってさ、青くて、緑色の、、、妖精《コロポックル》たちの、さ、わ、ぎ、、、なのさ。ね、、、。ゴゾ*hi*

-6 MAY 2020　藤原安紀子さんの横組の詩篇（現代詩手帖二〇二〇年五月号、一四四頁）のじかん（傍点引用者）の膨みの肌のようなものに足を止めた、……誰？

〃うごいた糸がつくる毬栗のようなじかんもある。〃（原文横組明朝）

〃たまぐりぐりなのか！〃

〃まりぐりぐりなのか！〃

〃ぐりぐりぐりなのか！〃

〃キ、！〃

ここに、背《ト》のキ、の〃ぐりぐり〃が、、、よ、！

ここに、海《ト》のキ、の〃ぐりぐり〃が、、、よ、！

–6 APR 2020　綴ることも、すこし控えようとしたいほど生々しい古井由吉氏の夢をみた——。全集の刊行のお祝いのためらしい、ご自宅に伺う。そのご接待が、上等のステーキを振舞うために裸体になるというもの……。わたくしはそんなことも出来ずに恥かしく、片隅にちぢこまっていた……客のなかには小錦もいて、勿論菊地氏も、……全集の一冊に解説を書いて装幀もされたのが佐々木中氏で、表紙に、字が彫られて、浮き出すというもの、……驚きがまだ残る、……途中古井氏が静かに、わたくしを追い掛けてこられて、佐々木中氏のことをほめてられた、……。菊地氏の笑顔がありあり、……、これでほゞ書けているのだが、みていても、興奮しているような夢であった、……。今日、明日にも追悼号が出揃うだろうことと、古井さんの類のないような夢の道があらわれて来ていたのではないか、……。小錦は何故、……、菊地氏について、いつか松浦さんが書いた喩が、立って来ていたのだな、……。

–6 APR 2020

–6 APR 2020　Vの最後の着地〃シ〃の響きと、*Mademoiselle Kinka*と呼び掛ける声が、導きの石の草文《くさフミ》だった、……苦闘とうとう、これもこれまた、ジゴクのような境界を語ったのだとおもう、……。ぎりぎりまで、油断出来ない、……

−6 APR 2020「V」を、IRORIで詩としたのは、仙石東北ラインの矢本あたりか高城町あたりで開封をして、「赤鉛筆」と「IRORI、石ノ巻ノ」を、加筆していた、……襲ってくる、これまでに感じたことのない、思考の波、イメージの波の揺れのようなもの、……いや、誰《どなた》かの〃夢の道〃の果断、……神韻ひょうびょうに感じ入りさえしてもいた、……。封をし、東京駅のポストに入れる、……。「深川めし」とマリリアさんのための「海鮮弁当」を購って、……少し喧嘩をしながらだったか、まずい訳でささっと、……いたく感心をしてくれて、ほっと息をついていた……。今日から、外出自粛とのこと。Tully's はどうかしら……。

−8 APR 2020 息を詰めるようにして、最初の反応を待ちつづけていたことが、わたくし＝夢の道の乏しい「詩作」のつねだったのだが、老年ということもあるのかも知れない、……。いや、そんなことは決して、ないのかも知れない。それが少し変化をしている、……。それをさえも忘れてしまう刹那があるということの、……生々（いきいき）としていることか、……。それよりもむしろ、それよりもむしろ、……というのは当ってはいないのかも知れないのだが……、むしろ〃手入れ〃〃校正〃に、心がむいているらしいことが、少し、何かの暗示のようでもあり、来るべきものの予感の白い雲の到来のようなものでもあるらしく、……そのことに、じっと心を集めるというよりも、その白い雲に心を一杯にすることのほうが大事なのだと思う、……とくに、四月六日午後、仙石東北ラインの座席で、手入れをしていたときに浮かんで来ていた〃IRORIの林（はやし）〃が、何だか、シシシロシカル（道しるべをつける）が、あらわれて来るときの、静けさの、……祈りの、……受けもの、……凹んだようなところの白い雲であるらしい、……。

−8 APR 2020 印（シルシ）を付けるということではなくって、きっと手のするクモの遊びに近いものではないのだろうか、……。

〃ア、〃

〃薄明《ウスアカイ》の沼《ト》、、、が、、、き、、、呼ぶ、、、薄明《ウスアカイ》の川《ト》、、、が、、、き、、、応《コタ》えていたの、、、だ！〃

〃*Oh! Mademoiselle Kinka!*〃

〃Ci、、、枕木《まくらギ》ニ、『黄金詩篇』、樹木《タテ》ラレ、、、
がらがら蛇だッたのだから、オレハ、、、!〃

〃オレハがらがら蛇《へび》だッたのだから、、、馬事公苑の繁みから、春の日を浴びニ、古井由吉のの白雲《しろいくも》ニ、染みいるがごとく、出て行ッたことがあッた、、、!〃

〃Ci、、、原民喜の心の白い雲、、、う、つ、く、し、い、姿形《すがたかたち》、Ci 枕木《まくらギ》ニ、夢の『黄金詩篇』の枕木《まくらギ》、、、樹木《たて》ラレ、、、!〃

〃ソレハ、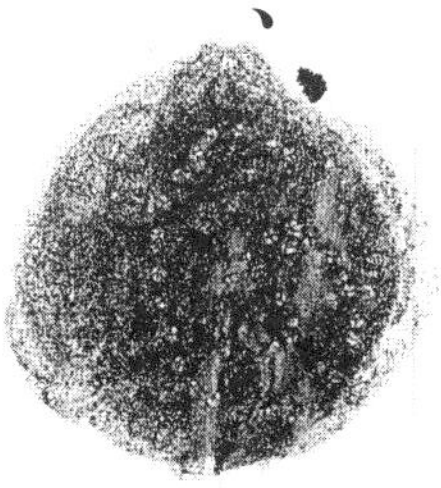宇宙ノ、ソシテ、ソレハ、ユメノ、シッポノ、シュッポ、、、！〃

〃ひ《ゆ》！〃

〃ひら
なが
がらがら、、、！〃

霹靂神《はタゝがみ》

、
—
鳴りぬ
—
。
（石井辰彦歌集『あけぼのの杉の竝木を過ぎて』一三二頁）

〃ひら
なが
がらがら、、、！〃
霹靂神《はタ、がみ》
、
—

鳴りぬ——。

〝ひ《ゆ》！〟

〝ひら
なが
がらがら！

〝ひら
なが
がらがら！〟

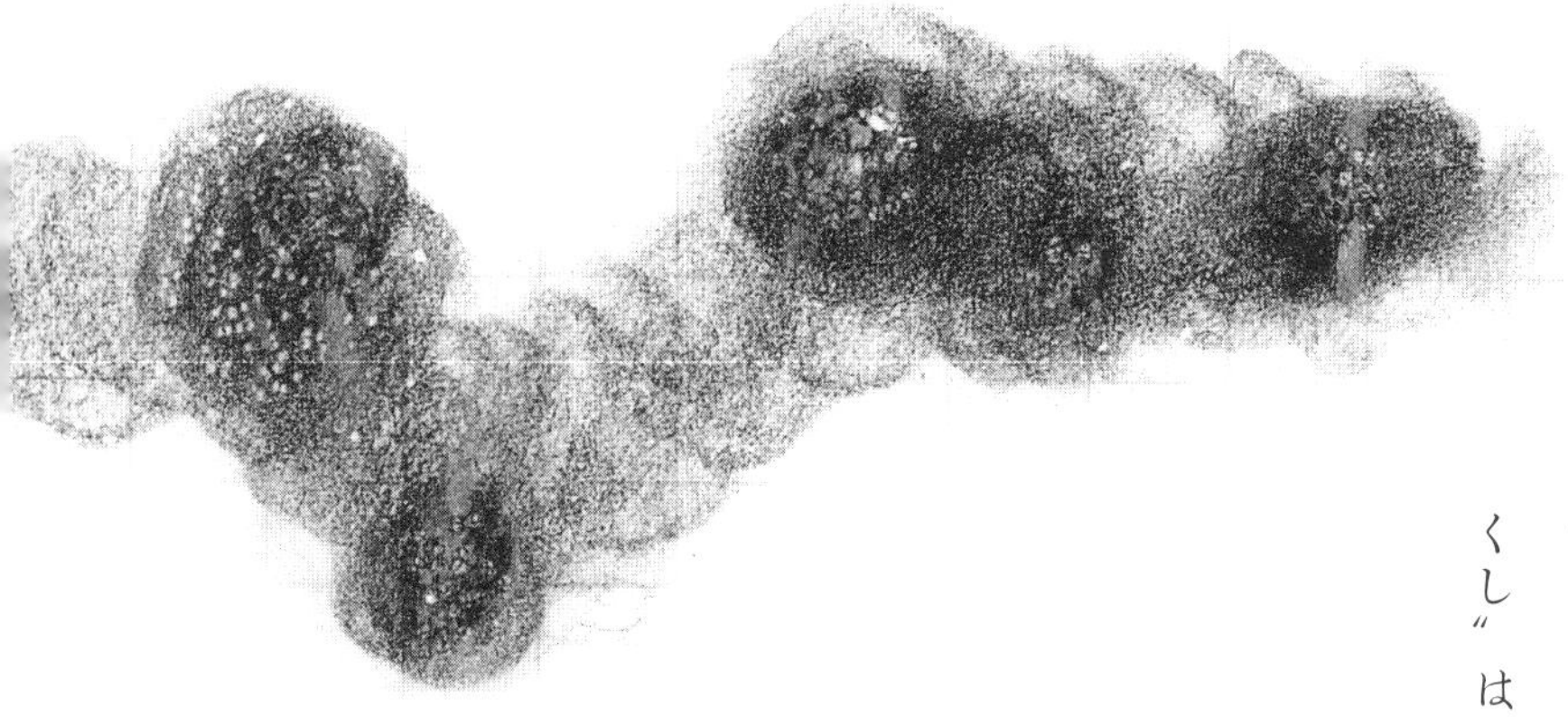

23 MAY 2020

葉書詩——宛先不詳

この葉《ハ》書、何処にも、届きませぬように、、、、、。

〝「遺《イ》書」を書くふりをしていますそんな心にも、届《トヾ》きませんように、、、、〟〝ん〟の隣《トなり》には、〝女《おんな》〟が居て、、、、、と考えないように。だって、オレは、蛇《へび》なのだから、、、、、。

譬《ヒ》喩《ゆ》ではなくて、本当の蛇《ヘビ》なのだから、、、、、。〝ん〟。聲《こえ》がいつも響《ひゞ》いていた。〝わたくし〟は、はっきりと知っている。

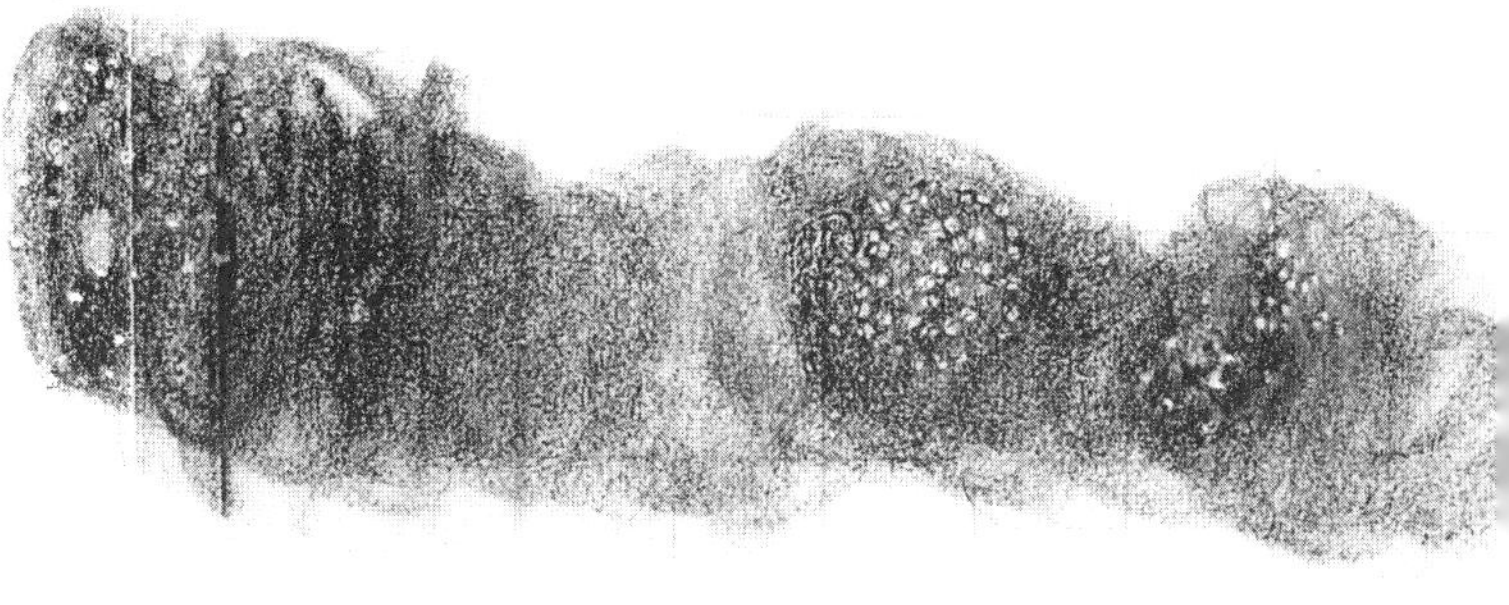

24 MAY 2020　「座間草稿集6」の瀬尾育生さんの「転轍」「難流」が、面白い、……。貌《かお》が白《シラ》むからだ、……。夢の小径《ミチ》の蛇《へび》みたいにか、……白星《シロボシ》みたいにか、……。浦上玉堂の擦《サッ》筆も、玉堂の手の血の点々にも、……これがだ……。さらにいえば、*William Carlos Williams*の*write carelessly*（ぞんざいに書け——堀内正規氏訳の〃ぞんざい〃も、夢の小径《ミチ》だ、……。わたくしが傍《ソバ》で云えば〃蛇行せよ〃あるいは〃蛇の心にて、……〃となる、……。……き、……。だ。「現代詩手帖六月号」扉の瀬尾育生「草稿」を、幾度（いくたび）草叢（くさむら）を這うように、ときを忘れて、ともにしたことか、……。俺は蛇だ、……。この草叢《クサムラ》の。〃アッペ！〃

24 MAY 2020

〃、、、ぎ、、、、に、、、、ビ（日《ヒ》*or*陽《ヒ》）、、、ギ、、、、ニ呼ビ、ダサ、レ、、、、！〃

〝アッペ！〟
ださ
レ（零）
がらがら！〟

26 MAY 2020

〝アッペ！〟

27 MAY 2020

〝夢《ユメ》ノ葉《ハ》、でも、なく、、、〝くらい、くらい、クモの裂《サ》け〟として、生きるのである！〟

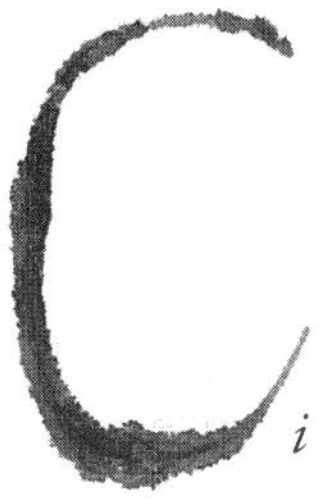

tus,-i

ト゚シ　縄：蛇の忌詞（知里真志保「地名アイヌ語小辞典」一三四頁）

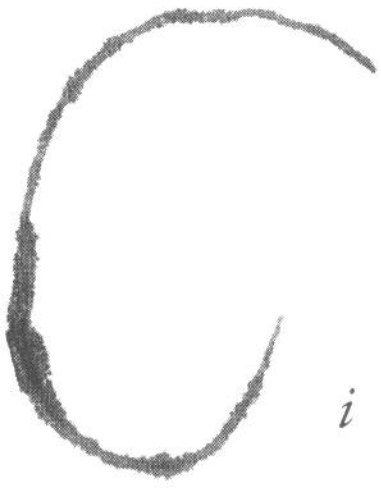

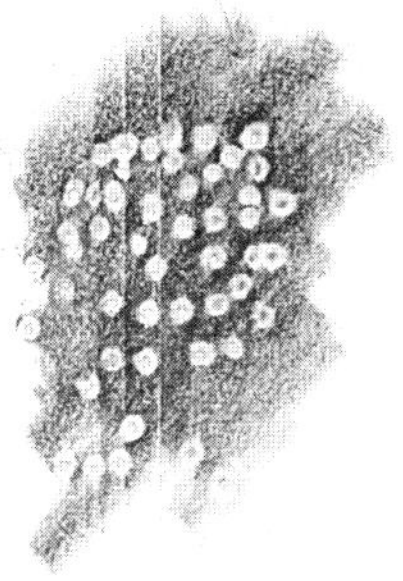

〝モ、モ、モ、ク、！〟

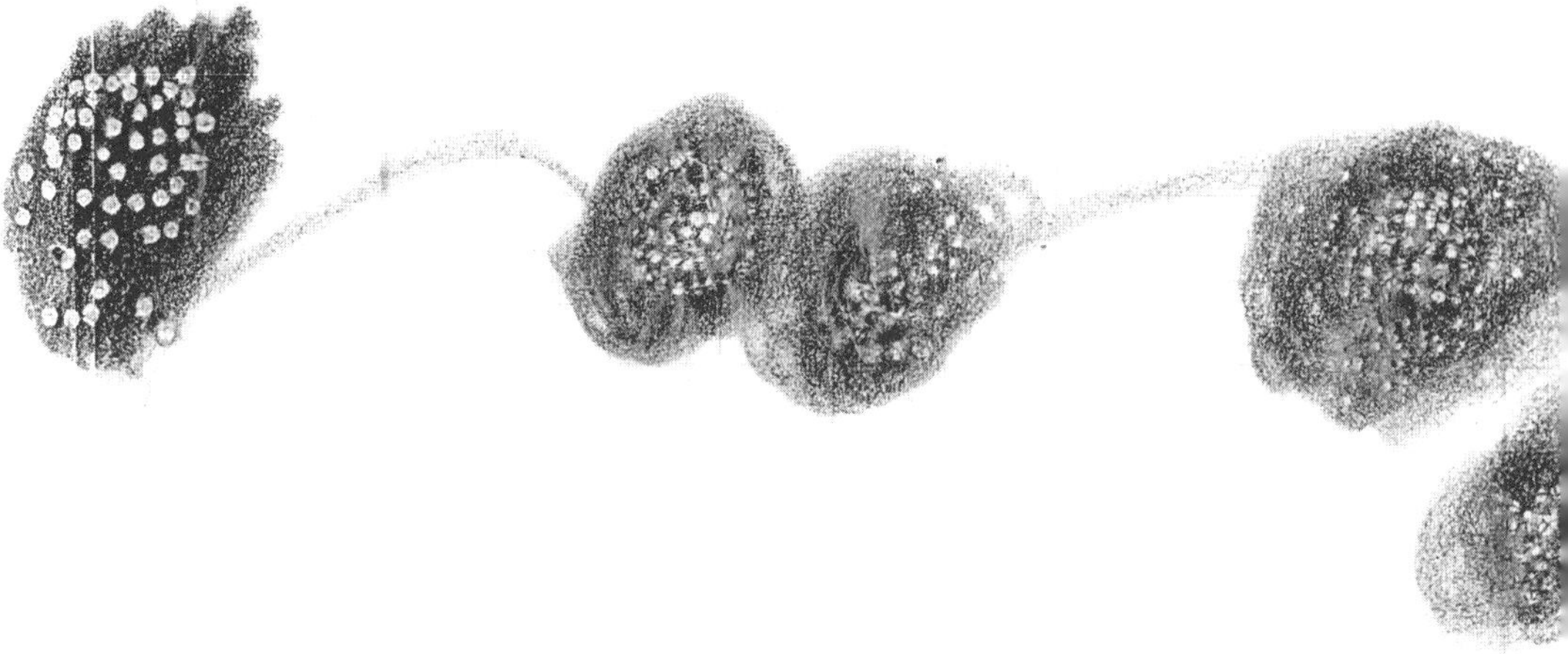

〝モ、モ、ク、！〟

ひゅ

ク、モ、ノ

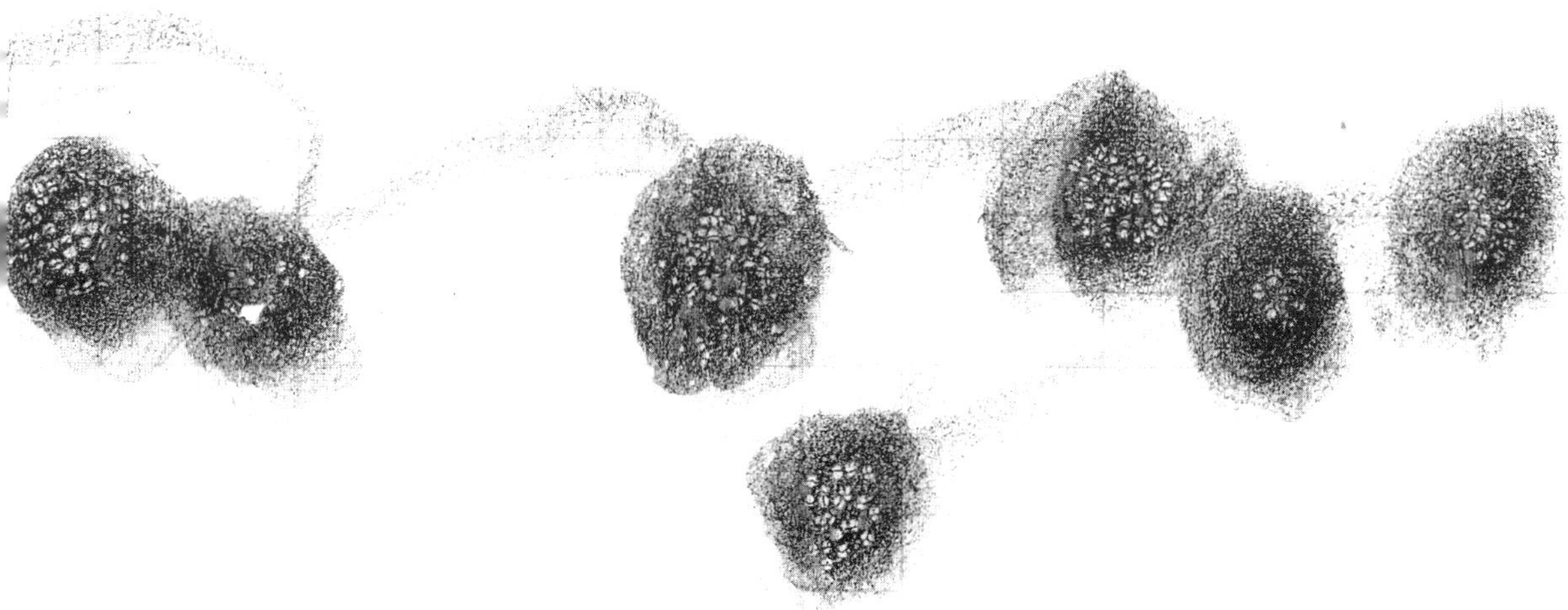

キ、ワ、サ

葉《ハ》書詩 — 28 MAY 2020 吉成秀夫氏に。

〝裂《サケ》 *or* 裂《サワケ》！〟という声《こえ》がしてを覚《さま》していました、、、、、。

それは、おそらく内臓《ないぞう》のいたんだとコからの、、、、、小声《こごえ》だったのだけれども、その言ノ葉《ことのは》は、さらにひろがっていって、、、、、、道傍《みちばた》の馬子《マゴ》さんが、恐山《おそれさん》の幼子《おさなゴ》、、、、、この子《コ》は、しかし、そう、はや、不在《フザイ》の子《コ》の小声《コゴエ》なのであって、、、、、なんだろう、この〝ひろがり〟は、、、、、と問う、次の囁きが、不空の、、、、、つまり、存在しないような〝囁きのひろゴリ〟なのである、、、、、。〝山《やま》も裂《サ》けよ、河《かわ》も裂《サ》けよ、おまえのたつ大地《だいち》も裂《サ》けよ〟も、よし。しかしながら、さ、たしかに聞こえて来ていた、夢ノ小径《ミチ》ノ道端ノきりぎりすの声まで裂《サケ》よ！と、いうのか！、、、、、。

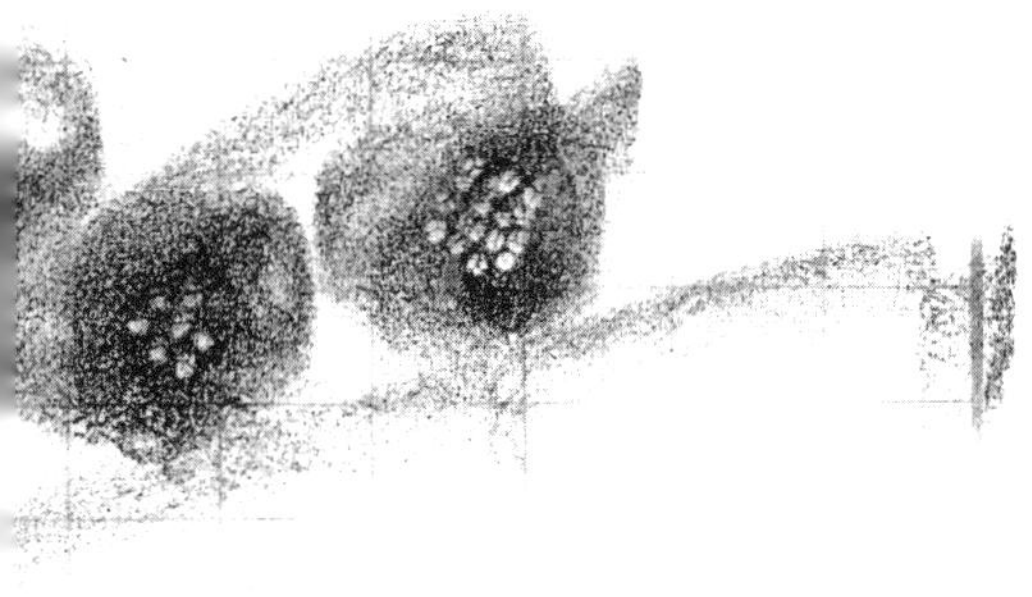

裂《サけ》！　その〝裂《サ》の部屋〟で、おまへは、未《マ》だ、、、、、いまだに、性懲《しょうこ》りもなく、、、、、未《マ》だ、、、、、稲妻《いまづま》が煌《きラ》めく、、、、、を、それを、ただ、待っているのか、、、、、。しかし、そうとも、この〝裂《サ》の部屋〟は、土星《ドせい》の環《ワ》の緩《ゆるり》む

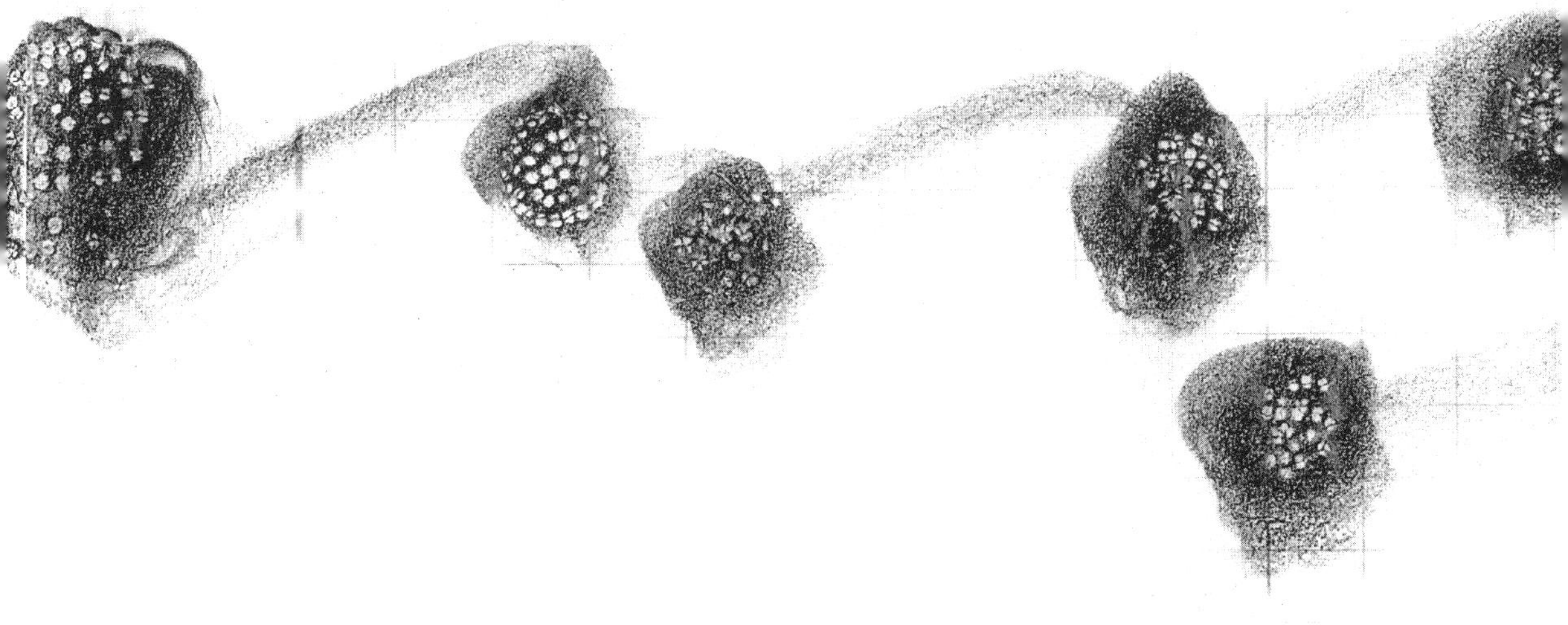

で、縫い目の、、、、ほどけたよう、、、、に、ように、なって飛びはじめているのだ、、、、。死へか、いや、、、、まさか、もっと、正しく、潤《ほト》びた、本当の水の精子のように、泥々《どロどロ》に、正しく生きるのだ、、、、。じゃんか、、、、、じゃんか、、、、。〝裂《サ》の部屋〟でいいじゃんか、、、、。いや、まさか、、、、でも、正しく、正確に、、、、奥《おく》の草叢《くさむラ》から、へーびの会話(勿論、獨言《ひとリごと》、、、、)が、聞こえて来ていたのだった、、、、。この〝草叢《くさむラ》〟が、白兎《シロウサギ》が、白く舞《マ》い飛《ト》ぶ、、、、〝海《ウミ》〟というやつの蟠《わだか》って、いやがる、ところだということが、正しく知られた、、、、。えッ、サけ、、、、!〟はッ、たッ、たッた、たッた、、、、

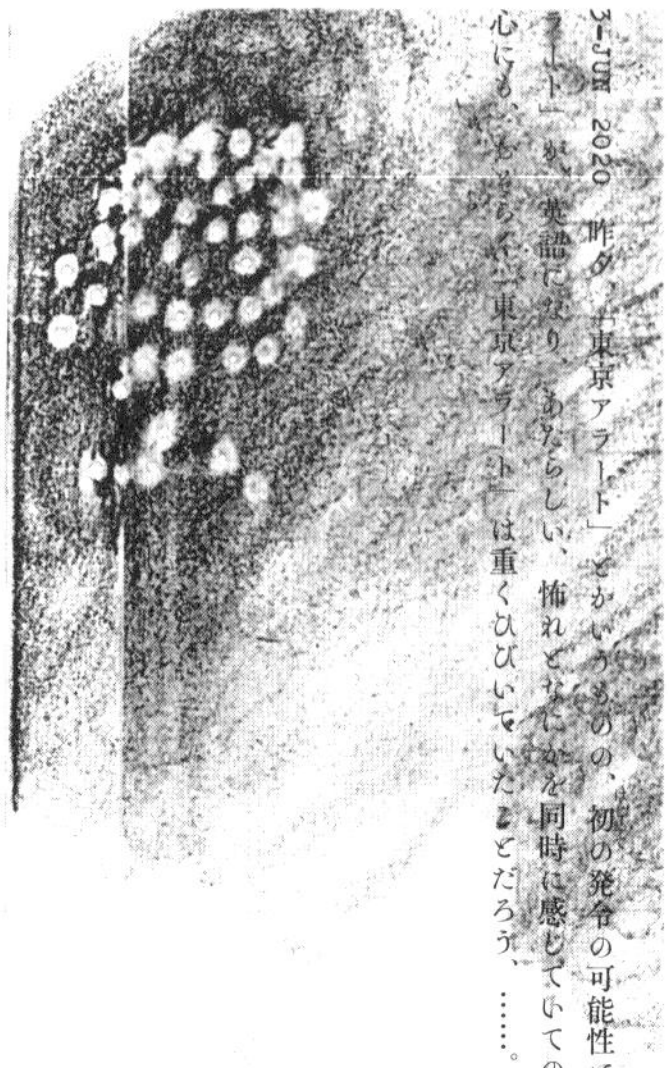

3-JUN 2020 昨夕、「東京アラート」とかいうものの、初の発令の可能性というニュースをみたとき、聞いたとき、それが、東京に警戒警報発令 *or* 空襲警報発令と聞いたのは「アラート」が、英語になり、あたらしい、怖れとなにかを同時に感じていてのものだったらし、……。急に、精神状態に変調を起してケータイに、救援信号、……のマリリアさんの心にも、おそらく、「東京アラート」は重くひびいていたことだろう、……。石巻行を中止、……。ヘビも? ヘビになりたいの?、……緑のヘビに……。さ、……。

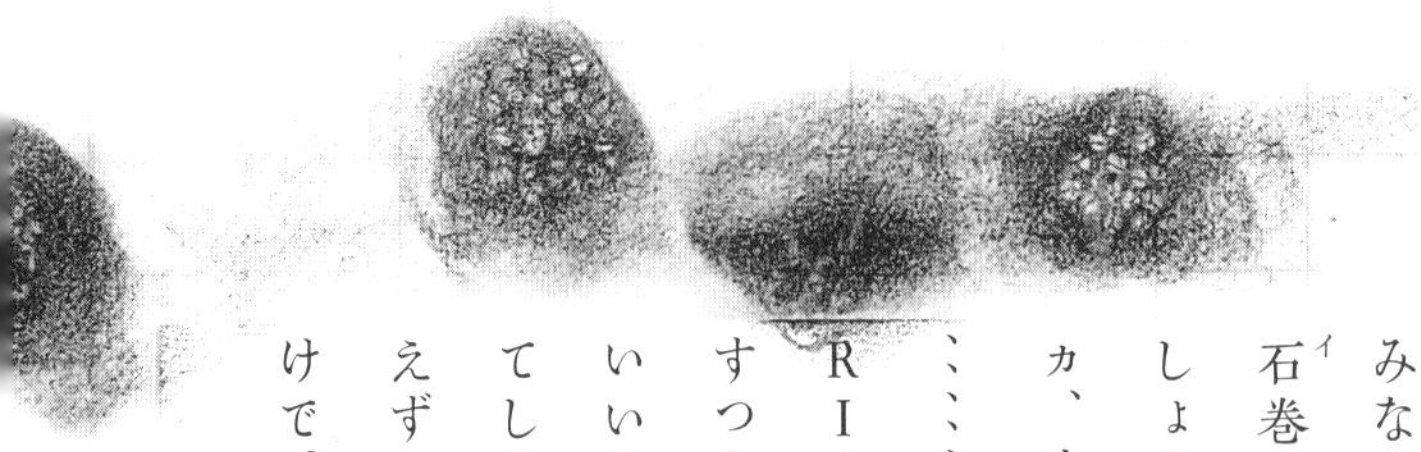

3 JUN 2020　葉書詩　IRORIさま。

みなさま、おげんきにしてられるでしょうか？
石《イ》巻は、さぞかし、麗《うラ、》かな、、、、、初夏なので
しょうか、、、、、。カドノ、ワキノ、マチノ、ヒ、
カ、リ、毛《モ》、、、、はた、はた、は、、、、、毛、毛、
、、、、、。6/6(土)のお昼ころは、愛《いとほ》しい、、、、、、IRO
RIさまの白い雲の、林《ハやし》の唯中《ただなか》に坐っておりま
すつもりだったのですが、「東京アラート」とか
いいます、かつての〝空襲警報〟に、脅《おびや》かされ
てしまいまして、、、、、止むをえず、自粛《ジしゅく》して伺
えずとなりました。お許しを。白い雲の、幻《まぼろシ》だ
けで。ゴゾ*hi.*

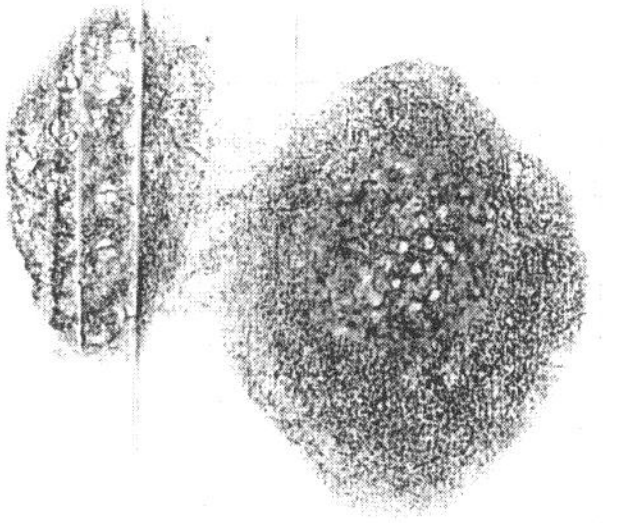

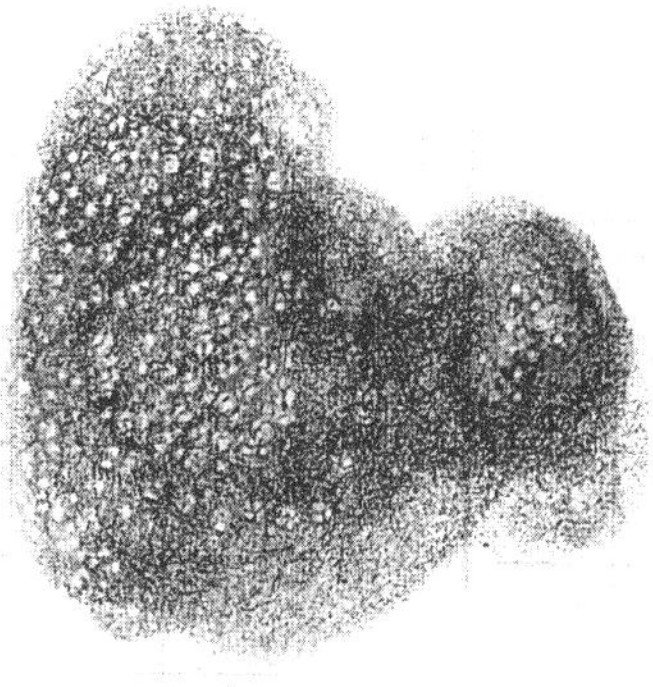

29 MAY 2020 ほゞ一日かけて、木曜日、葉書*ciné*（Ⅶ）七分半ほどを撮り了えて、吉成秀夫氏に送りだすも、なにか不充足感がある、……。判らずなり。右上のやゝ深い白穴が、……ああそうか、そうか、白い雲の入って来る口《くち》を、穴《アナ》を撮《と》らなかった心の残《ノコ》リなのだ、……と、すぐに判って、粛然としていた、……。そうか、〃孤獨さ〃が、白い雲の、別の心が、足りなかったのだ、……。じっと〃穴《アナ》〃を、見詰めていた、……。そうだ、〃別の雲〃の〃心〃の〃静かさ〃が足りなかったことの不充足感であった、……。〃ベツノココロノシズケサ〃が足りなかったのだ。この木曜*ciné*も「詩作」であることを、銘記すべきなり、……。明らかにすべきなり、……。た、た、た、……た、……ク、……。

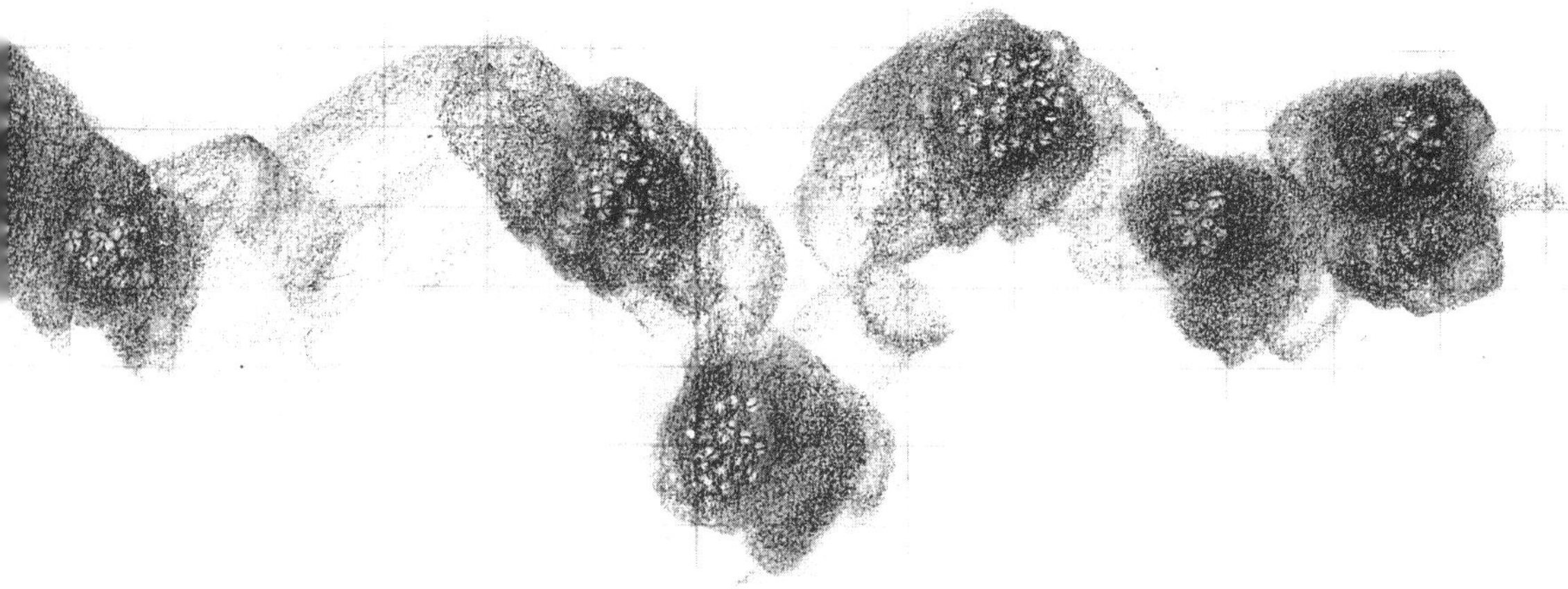

、

、、毛、く〃

!

〃

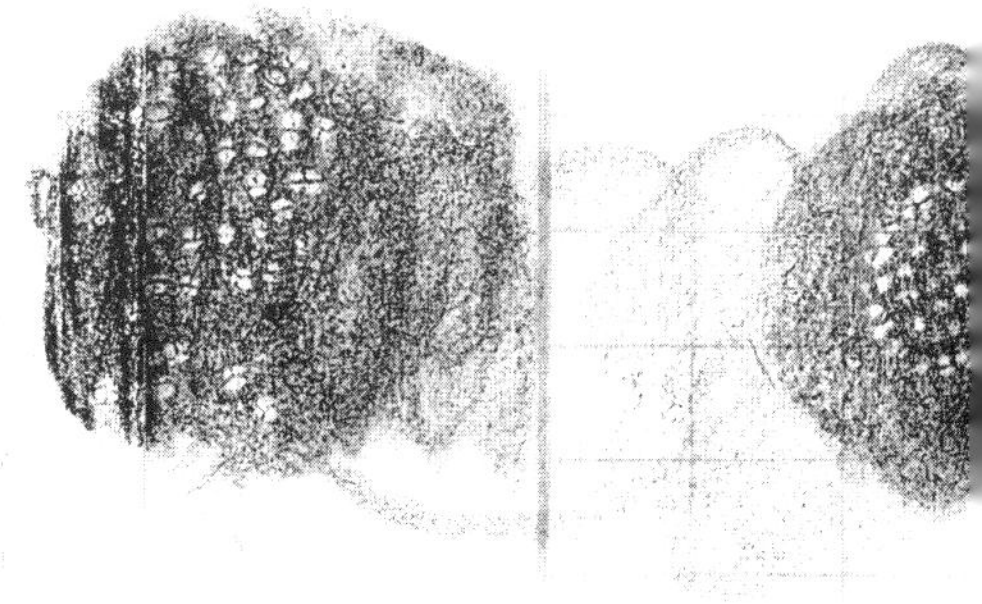

、

、、、、、！〃

〃ア、！〃

〃Oh! Mademoiselle Kinka!〃

〃白い星《シi》を、窪《ア》、（アイヌ語、例えば、宇曾利、窪んだ所）ニ、白い、イ《i》の樹木《き》の君《キミ》の小径《ミチ》、ヲ、繕《ツクロ》、フ。〃何処からか声が、ニーシ！〃。

〃ン＝遊ぼ！〃

イ（「ソ、レ」、のアイヌ語の「イ」、…）

を

繕《ツクロ》い、

ウ（「ウシ、ロ」、のアイヌ語の「ウ」、…）

を、

縫《ヌ》い、

して

ア゛

ん

だ！

U《ゆ》

窪《ア゛》！

葉書詩――吉成秀夫氏へ。　2020.6.18木曜日

右のページのは、夢のことばね。そして、これは「過去」の「夢」の「小径《ミチ》」に飛ばす〝葉書〟でもありました。〝記憶の底の声――大相《オーず》撲《もう》の名人呼び出しだった小《コ》鉄《てつ》さんの声が聞きたくなって、昔のCinéを、聞いていましたよ、、、、、、。2007年の仏蘭西、ストラスブルグでした、、、、、、。何故だったのでしょうね、、、、、、。〝西《ニーシ!》――名《な》寄岩《よろイわ》、、、、、〟という声の、、、、、、そう〝岩《イわ》の声《こえ》、、、、〟が、忘れられないのね、、、、、、。怖《おそロ》しい程の、未来の夢の岩の、、、、、、惑星の、、、、、、声が聞こえて来ていました、、、、、、。

あん

、なゞ

（誰、語、、、
あ、な、
、穴）

白イ

クモを、

U《ウ》

（アイヌ語、
窪んだ所）

ニ

、

縫《ヌ》い、、、

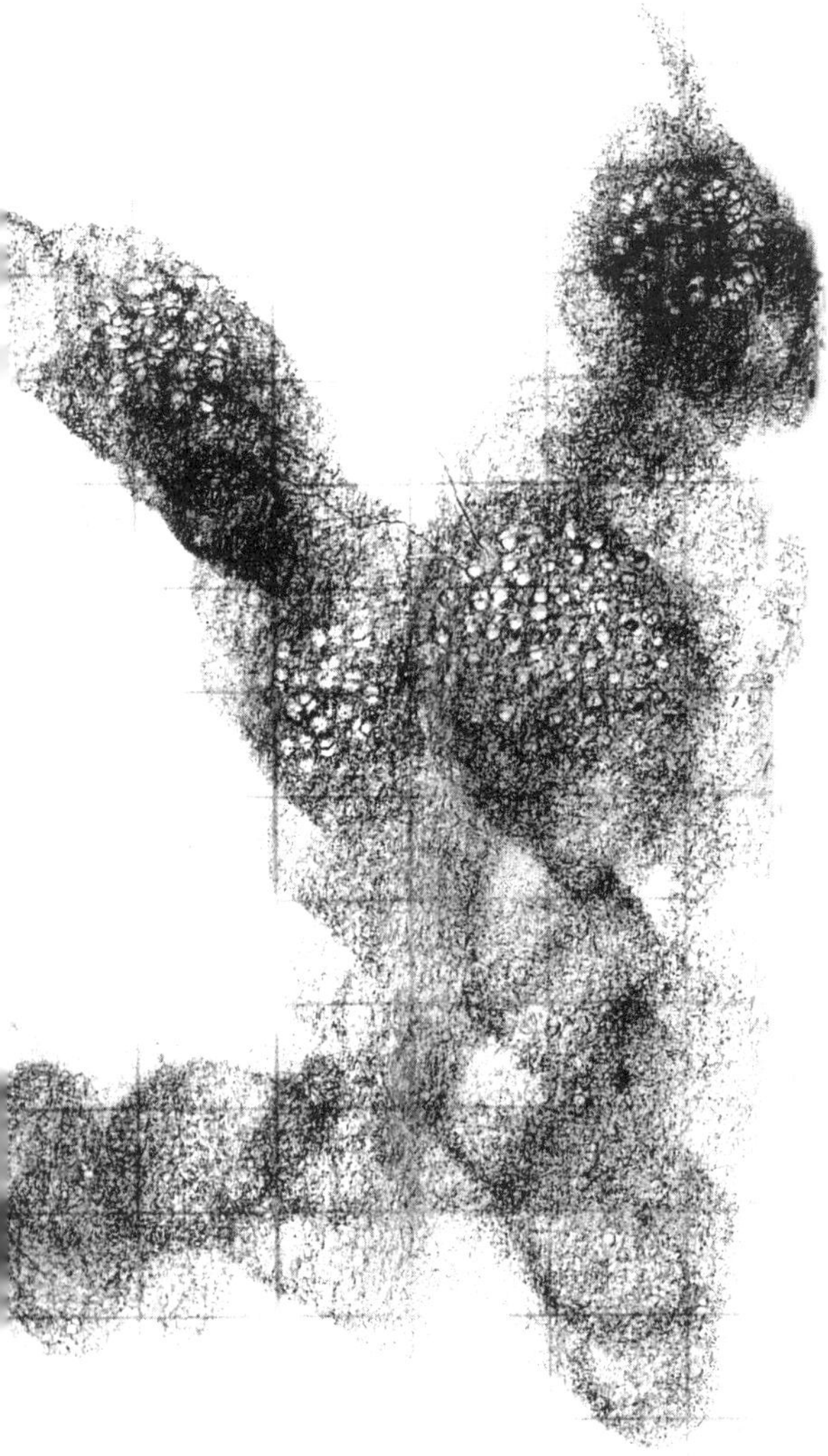

ん

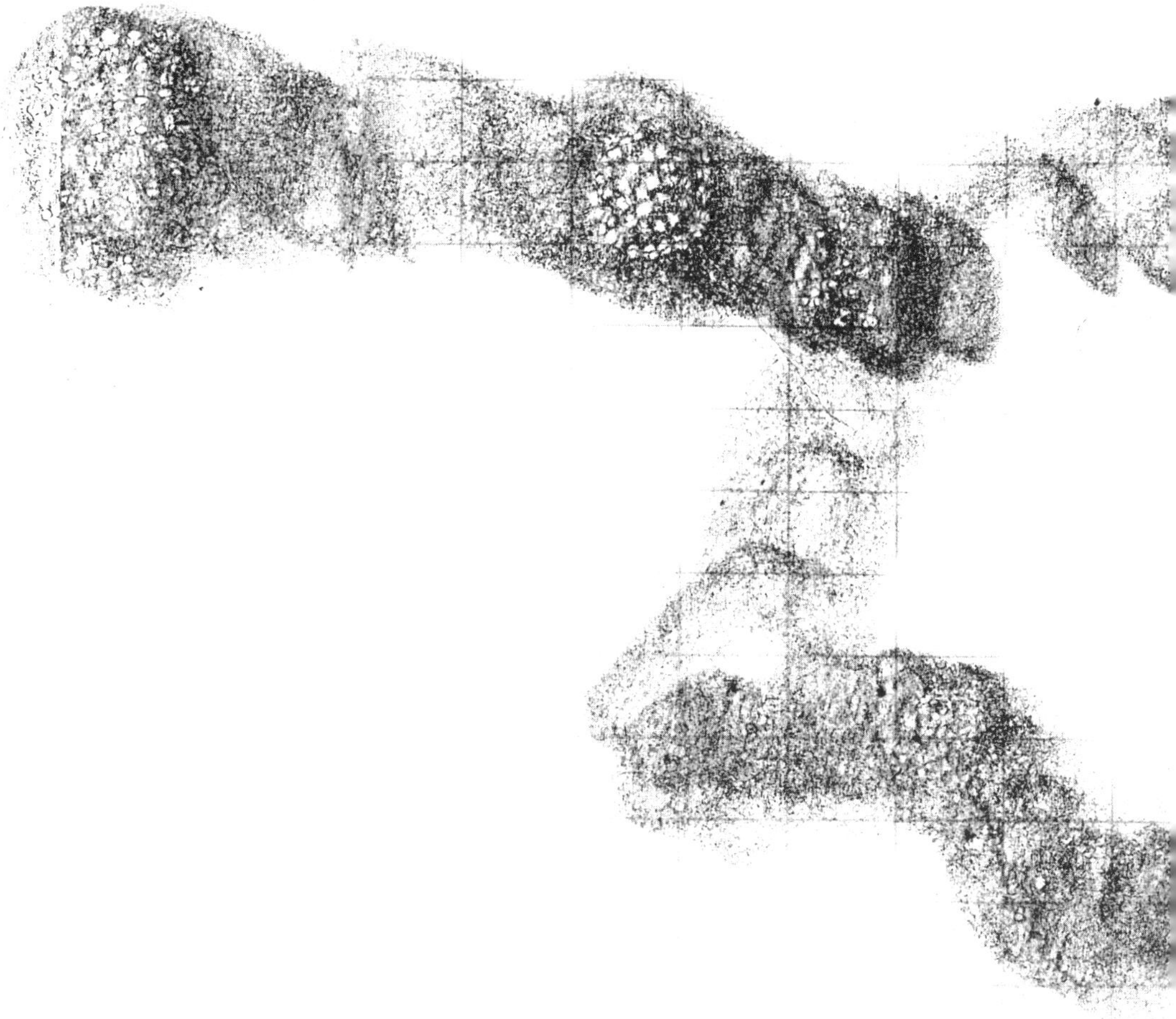

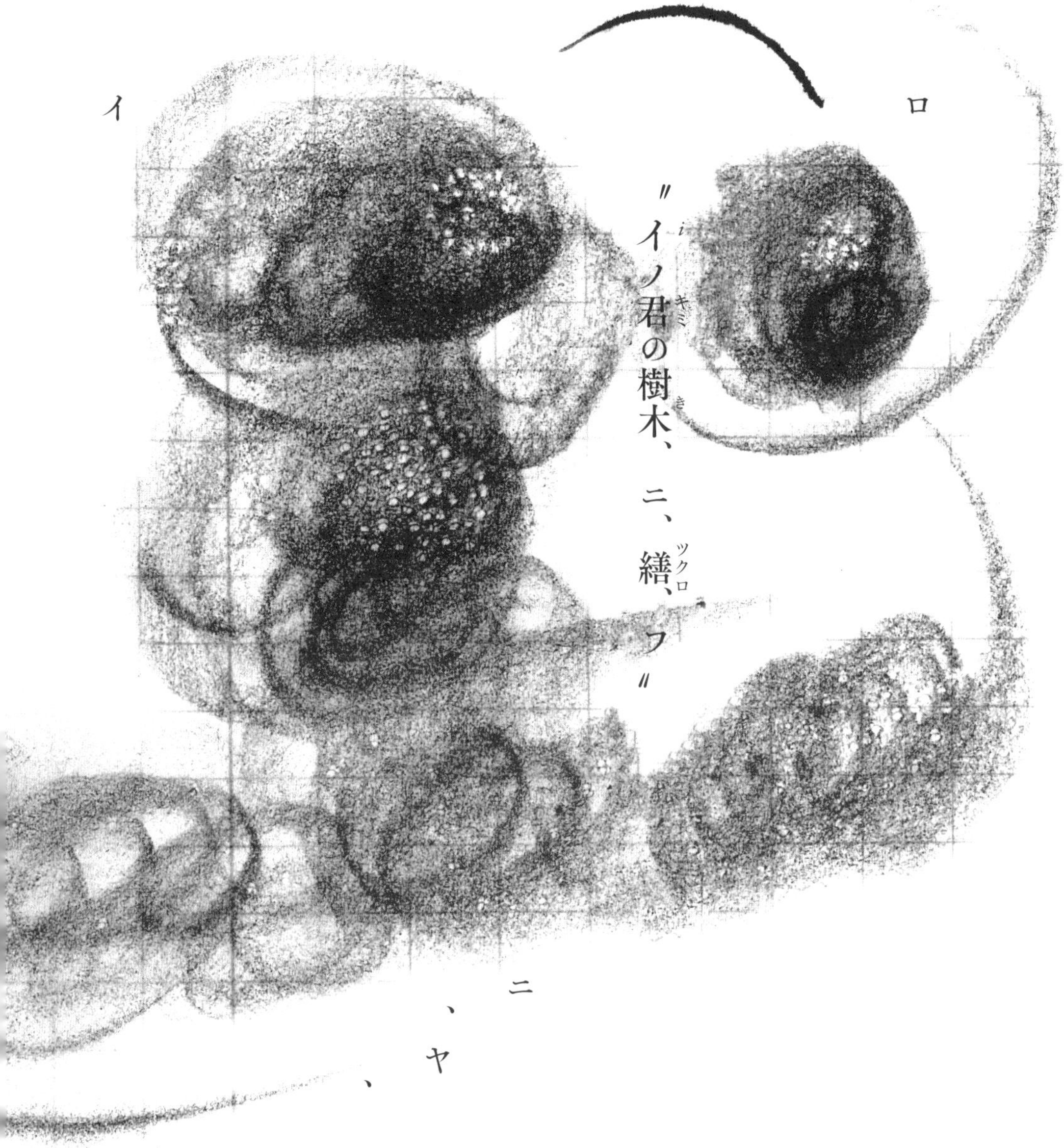

シ

ロ

〃イ《i》ノ君《キミ》の樹木《き》、ニ、繕《ツクロ》、フ〃

ニ

、ヤ

、

、

イ

ノ、

U《ゆ》、、、、

！《ウ》

ン＝遊ぼ！

Ⅴ

〃木陰《コカゲ》に、〃ユメの庭、、、、、〃 〃シシシロシカル！〃

60

Ⅵ

〃もも、、、 桃木《モモノキ》、、、 宇宙に、、、 ゆっくり、、、 引っ掛って、 て、、、 ！〃

72

Ⅶ

〃C《i》、、、 枕木《まくらギ》ニ、 『黄金詩篇』、 樹木《タテ》ラレ、、、 がらがら蛇だッたのだから、 オレハ、、、 ！〃

82

Ⅷ

〃白い星《シi》を、 窪《ア》、 (アイヌ語、例えば、宇曾利、窪んだ所) ニ、 白い、 イ《i》の樹《き》木の君《キミ》の小径《ミチ》、 ヲ、 繕《ツクロ》、 フ。

〃何処からか声が、 ニーーシ！〃。 〃ン＝遊ぼ！〃

98

初出　「現代詩手帖」二〇二〇年一月号～八月号

装幀　中島浩

Voix《ヴォワ》

著　者　吉《よし》増《ます》剛《ごう》造《ぞう》

発行者　小田久郎

発行所　株式会社思潮社

一六二－〇八四二　東京都新宿区市谷砂土原町三－十五

電話　〇三－五八〇五－七五〇一（営業）

〇三－三二六七－八一四一（編集）

印刷・製本　創栄図書印刷株式会社

発行日　二〇二一年十月二十五日　第一刷

二〇二二年九月二十五日　第二刷